L'absente

Pascal Arnaud

La nouvelle lauréate du Premier Prix

Demi-vies

Gérard Megret

La nouvelle lauréate du Second Prix

Et 19 récits lauréats du Prix Pampelune 2023

© 2023 Pascal Arnaud Gérard Megret
Édition : BoD - Books on Demand, info@bod.fr
Impression : BoD - Books on Demand, In de Tarpen 42,
Norderstedt (Allemagne)
Impression à la demande
ISBN : 978-2-3221-8673-0
Dépôt légal : Avril 2023

Pascal Arnaud
Gérard Megret
Stéphanie Mourier
Patricia Lautre
Patrizio Fiorilli
Bastien Autuoro
Emilie Tartaroli
Gonzague Yernaux
Brice Gautier
Xavier Chapuis
François Marie
Claude Darragon
Téha Romain
Hervé Beghin
Lucie Duranton
Shanour Kurgayan
Marine Firmin
Thomas Lop Vip
Danielle Ouellet
Eudes Boyer
Ferdinand Barrett

Le jury de l'édition 2023 est composé de :

Ségolène Tortat
Martin Trystram
Pascale Leconte

Correction : **Ségolène Tortat**
Couverture et mise en page : **Martin Trystram**

Le Prix Pampelune est organisé
par l'auteure Pascale Leconte.

La nouvelle lauréate du Premier Prix

L'absente

Pascal Arnaud

Le bord du seau carré racle les graviers. Seule une pellicule d'eau avance sur la paroi horizontale de plastique bleu que Lilouan doit vite relever pour emprisonner la valeur d'un bol de liquide. Il le transvase aussitôt dans un bidon. Combien de temps lui faudra-t-il pour le remplir ? Le mois d'avant, la fosse qu'il a creusée dans le lit asséché du ruisseau se chargeait d'assez d'eau pendant la nuit pour y puiser quelques dizaines de litres dans la journée. Aujourd'hui, il n'en tirera pas même un jerrican, se résigne-t-il.
Lilouan n'est pourtant pas homme à renoncer. Dès l'automne, les alarmes de son pluviomètre, renforcées par un déficit hivernal jamais vu, lui ont fait établir un plan anti-sécheresse, basé sur la diversité des approvisionnements, qu'il applique avec rigueur depuis le retour de la végétation : eau du ruisseau pour le potager, eau de récupération des toits pour les plantations d'agrément, eau de source pour la consommation domestique. Avec un service minimum du ciel, il devait passer l'été. Mais le ciel

en aura décidé autrement : pas une goutte en six mois. Et une canicule qui n'en finit pas ! Résultat, le dix-neuf août : source tarie, réserves d'eau de pluie vides, ruisseau à sec.
La Vinette transformée en oued ! L'an dernier, au printemps, Marjolaine s'y baignait encore. Même très malade, elle aimait l'eau froide, son corps affaibli en réclamait les douces morsures, l'eau était pour elle un être vivant dont le contact était vital. De la rive, elle la regardait déboucher du bois de chênes pubescents, franchir en cascade un énorme bloc de pierre, se calmer à ses pieds en une longue piscine naturelle, et enfin se carapater en joyeuses cabrioles à travers un dédale de roches. Alors, Marjolaine se mettait nue, entrait dans l'onde avec délice. Elle nageait une brasse tranquille, allait et venait sans éclaboussures, le menton à fleur d'eau. L'objet de la baignade n'était pas un exercice de sport ou d'hygiène ; Marjolaine ne recherchait que l'union, le corps à corps, l'amour avec l'eau glacée. Glissant sur la surface moirée, son visage rayonnait.
Lilouan se laisse tomber sur les fesses dans les galets, au pied du mur de deux mètres qu'est devenue la berge de la Vinette. Ici, à l'ouverture de la pêche, il a sorti une belle fario qu'il a embrassée avant de lui rendre sa liberté. Il la revoit filer entre ses mains, telle une flèche, dans les transparences bronzées de ruisseau. Il se tenait accroupi sur le rocher auquel, maintenant, sa tête vient s'appuyer. Quel désastre ! D'amont en aval, sur tout le parcours, la Vinette n'est plus qu'une coulée de rocaille. La Vinette a disparu ! La Vinette est morte !

Une voix pierreuse roule jusqu'à lui :
— Louan ! Alors, je t'emmène ?
C'est Enric.
— Non, Ricou ! Tu sais bien que je reste. Je pars pas, je veux pas quitter Les Cirses.
— Tu vas crever comme tes poules, Lilou ! Ton âne est plus intelligent que toi !
Lilouan ne bouge pas, le regard fixé sur les cailloux, plus amarré que par une ancre. Il écoute l'attente muette de son ami, puis ses pas fouettés par les tiges raides des plantains, le ronflement de la voiture qui s'éloigne, s'éteint. À nouveau seul, il se lève, saisit le bidon au tiers rempli et remonte les cent mètres de côte qui le séparent de sa maison. Dix ans déjà ! Quand, au bout d'un interminable chemin, leur sont apparus la masse d'une grange de pierre, et, en contrepoint, le fuselage d'un pigeonnier sur arcades, Lilouan et Marjolaine ont su qu'ils l'avaient trouvée, la demeure de leurs rêves. Six années à piocher la dure réalité des bâtisseurs, et ils s'y étaient installés pour toujours.
Trois packs d'eau minérale, déposés sous l'auvent, redisent à Lilouan sa folie. Il n'a concédé à Ricou que la garde de l'âne Cadou, faute de garantir à l'animal ses dix litres quotidiens d'eau pure. Le village, il le voit au loin, sur son piton rocheux que n'a pas cessé de mouiller la grande rivière. Mais rien ne l'arrachera à son bout de plateau, aussi aride deviendrait-il ! Son regard parcourt l'ocre de la prairie brûlée, s'attarde sur le bronze sale des bois d'où jaillit le squelette blanchi d'un châtaignier. Plus près, descendant vers la Vinette, une bande de terre nue entrecroise ses

crevasses. Sur la bosse opposée, les noyers sont en berne, les cerisiers jaunis se déplument, le grand figuier affiche un air affligé. Paysage de désolation, orphelin d'un ciel avare qui ne répand plus sa manne liquide. Le long de la grange, les cirses en dormance ne rêvent plus. Écrasé de chaleur et privé de sa source de vie, le monde végétal n'en peut plus. Herbes et buissons ont capitulé, les arbres ont cessé de se battre pour remonter des profondeurs un reste d'humidité. Dans le dessèchement général, jusque la soif les a quittés.

Seule résiste en ce désert la verte oasis du potager dont, jour après jour, Lilouan prolonge le sursis, à force de binages obstinés et d'arrosages stricts. C'est Marjolaine qui en a dessiné allées et plates-bandes, c'était elle qui le cultivait. À Noël, la neige est venue comme un cadeau. Marjolaine exige de quitter son lit et de marcher pieds nus au jardin. Ses traces la réjouissent. Message de glace qu'aucune canicule ne saurait faire fondre.

Le soir descend, les ombres s'allongent ; celle du pigeonnier s'étire jusqu'au hamac où Lilouan dépose sa carcasse épuisée. L'eau de Ricou est tiède, elle a un relent de métal, au contraire de l'eau de la source qui est fraîche et douce. Marjolaine l'a goûtée la première, trouvée exquise, et lui a tendu l'écuelle. Ils l'ont alors, non pas captée ni capturée, ils l'ont adoptée pour lui tracer un chemin à travers leur bonheur qu'elle a irrigué toutes ces années. Maintenant, elle s'est retirée, ou plutôt la sécheresse l'a volée ; la source s'est tue comme il y a six mois s'est tue Marjolaine.

Un vent tiède balaie le corps suspendu de Lilouan, une chaleur malsaine monte de la caillasse. L'eau, seule l'eau viendrait à bout de ce feu invisible qui dévore lentement Les Cirses. L'eau absente, l'eau qui fut si présente, l'eau qui ne revient pas. L'absence n'est pas un simple défaut de présence. L'absence en est la face cachée. Autant que la présence, l'absence est un état. Un état d'existence. L'état de l'eau et de Marjolaine. « Tu me manques plus que l'eau », murmure Lilouan.

Et le ciel de nuit se tend, piqué d'étoiles, les unes minuscules et à peine visibles, les autres d'une lumière intense, certaines avec un nom, la plupart anonymes, toutes participant au magistral mouvement horloger de l'univers, de tout temps observé par l'Homme pour l'admirer, l'interroger, le craindre, et l'implorer, alors qu'à cet instant où Lilouan le regarde, l'infini constellé ne montre qu'indifférence pour la terre et les êtres vivants qui l'habitent. Puis les étoiles s'éteignent toutes, comme soufflées par un vent cosmique, plongeant l'univers dans le noir. Lilouan se sent happé, il part à la dérive, son corps cramé vogue sur des vagues de suie, une odeur bitumée l'envahit. Et tout cesse.

La première goutte lui révèle son front. La deuxième sa main droite. Les suivantes ressuscitent tout son corps. Il pleut, une pluie lourde, drue, piquante à laquelle il ne croit pas, raide dans son hamac, saisi, sidéré. Mais tous ces impacts sur sa tête, ses membres, sa poitrine et son ventre, ces volées de flèches vivifiantes qui le traversent, cette flagellation qui réveille ses sens et ses désirs, ces salves de balles qui le criblent comme autant d'aiguillons de vie, non, il n'y a pas de doute, c'est la pluie ! La bonne, la grosse,

l'énorme pluie ! L'eau du ciel qui tombe sur la terre ! L'eau qui est de retour ! L'eau qu'on n'espérait plus et qui est là !
Lilouan se lève. Il peine à tenir debout dans les cataractes qui envahissent tout l'espace. Ses pieds se recouvrent d'une nappe d'eau qui bouillonne, se divise en courants, part à la conquête de la terre sèche, des cent et mille parcelles qui avaient fini par en oublier la force et la douceur. Une eau urgente, pressée de frapper le sol, de se répandre ! L'eau de la réconciliation du ciel et de la terre ! Une symphonie rude, composée de martèlements, de flux, de glissades, de grondements lointains et de clapotis immédiats, célèbre l'événement. La lune est de la fête, qu'elle éclaire de son improbable projecteur.
Lilouan exulte. Tout son être participe à l'effervescence, au prodige. Il se rue dans la pente transformée en cascade. La Vinette ! La Vinette est grosse d'une eau folle qui cavale, danse, explose. La piscine est pleine, gonflée d'une eau joyeuse, libre, et au milieu, Marjolaine qui nage, va et vient, toute à son bonheur d'eau froide. Elle le regarde, pousse un rire triomphant, lui fait signe : Viens ! Alors Lilouan s'assoit sur la berge et se laisse glisser.

La nouvelle lauréate du Second Prix

Demi-vies

Gérard Megret

I.

« *Tendre et paisible Lars. Voilà cette nouvelle du large que tu souhaitais tant recevoir à chaque rotation et que je te refusais pour de mauvaises excuses. Vingt-cinq ans de silence quasi total, quinze jours par mois. Tes interrogations toujours refoulées sur ma vie maritime, mes inquiétudes, mes angoisses de mer. Ton infaillible patience face à ces absences cycliques et plus encore ton sourire immuable qui entame ta barbe à chacun de mes retours. Qui aurait pu à part toi supporter pareille vie ? Mais aujourd'hui, cette existence à deux faces que j'ai voulue et sans doute réussie va prendre fin puisque je ne la contrôle plus. Aussi, il me faut sinon capituler du moins cesser cette lutte pour une liberté dont personne n'aurait voulu. Sauf moi.* »

« *Et toi, Kristens, volcan marin. Que t'avouer que tu n'aies soupçonné. Tes longs silences que je savais cependant habités de bouillonnements intérieurs. Surtout... ces incontrôlables explosions de mon corps, je te les dois depuis plus de vingt-cinq ans, mais hélas quinze jours par mois. L'autre moitié du mois qui appartenait à Lars. Cela tu l'ignorais, il s'appelle Lars. Je me suis mariée deux ans avant que j'intègre la Compagnie. Mais qu'importe son nom. Pour toi, il incarnait le départ, l'absence ou encore ma « demi-vie » comme tu l'avais surnommée. Autant j'ai pu craindre pour lui mes absences du large, autant je sentais que tu étalais fermement mes retours à terre. Ta force de marin sans doute. Peut-être me considérais-tu comme la marée immuable qui vient et repart sans fin. Vois-tu, amour de ma demi-vie, comment choisir l'étale à jamais ? Peut-on arrêter le ressac ?*

Dalla interrompit ses écrits, car le bruit sourd des machines se fit plus aigu, perturbant son attention. Une bouffée de larmes embua ses yeux fatigués par une nuit perturbée dans un roulis-tangage incessant. Brutalement, ses souvenirs essentiels surgirent tels que ceux qui paraît-il parviennent à la conscience dans les secondes qui précèdent la mort.

Naissance et prime jeunesse heureuse à Sudavick, nichée dans une anse abritée à quelques kilomètres d'Isafjordür, capitale de deux-mille-sept-cents âmes des fjords de l'Ouest islandais. Vie pleine d'affection et de jeux marins jusqu'à l'âge de huit ans, avant qu'une tempête de Nord infernale ne lui emporte père et mère sans rendre leur corps, alors qu'ils traversaient le chenal. Plutôt que de maudire la mer, elle se jura dès lors qu'elle la sillonnerait au long cours comme pour en juguler sa peur et peut-être apercevoir un jour dans la crête d'écume d'une vague énorme, le visage apaisé de ses parents. Un oncle émigré au Danemark l'accueillit avec chaleur et l'éleva dans le respect de cette volonté farouche de faire des mers son territoire de vie, respecté sinon aimé. Études accomplies avec brio tout d'abord dans un lycée technique orienté vers la navigation puis à l'école des officiers de la marine marchande près d'Aarhus. À dix-neuf ans, elle sortit major de sa promotion devenant aussi la première femme à ce rang, et la première Islandaise diplômée dans une école supérieure danoise.

Fidèle à sa promesse d'enfance, faisant fi des bourrasques d'encre dans les aubes pluvieuses, des odeurs pénétrantes de mazout, des interminables nuits de quart solitaires et même des regards salaces dans les gargotes sombres, elle parcourut quelques dizaines de milliers de milles par des mers reposées ou démontées, sur des cargos rouillés ou des porte-conteneurs flamboyants. Madère, Dakar, Valparaiso, Mogadiscio, Jakarta et bien d'autres ports ne firent que l'entrevoir le temps de décharger les cales. Puis un jour, selon la formule bien connue, elle « posa son sac », s'amarra pour plus longtemps à Esbjerg. Trente-cinq ans, quinze ans de sa première vie en mer, plus d'échanges avec les cormorans ou les fous de Bassan qu'avec les boscos ou les chefs mécaniciens, quelques contractions matricielles à la vue de gamins sales mais rieurs sur les jetées de ports africains ou indiens… Il devait être temps de voir ce que la terre immobile pouvait lui offrir. Un teint hâlé par vent et sel, un corps longiligne, mais ferme dès son adolescence et des fortunes de mer à foison qui ne demandaient qu'à être contées ; peu de terriens fussent-ils descendants de rustres vikings y auraient résisté.

Lars n'y résista que deux ans. D'autant qu'à la différence de Dalla, bien que le monde soit aussi son horizon habituel, il se résumait au planisphère géant tapissant le mur de sa salle de classe. Il découvrit grâce à elle qu'outre les femmes de marins souvent nostalgiques, il existait aussi des marins femmes parfois mélancoliques, aussi s'efforça-t-il de lui donner un amour plein et attentif. Une paix verte et bleue assoupit Dalla durant deux ans, nichée dans le chalet dominant la presqu'île où ils avaient établi leur vie nouvelle. Mais un autre cliché implacable agrippé au marin à terre s'avéra bientôt réalité, « l'appel de la mer ». Trop de moments indéfinis faits de saveurs d'embruns salés, de silences ventés et de vagues incessantes s'invitaient de plus en plus. Le retour à la mer devint inéluctable pour Dalla, le prétendu hasard y participant activement. Un poste de commissaire de bord fut libéré sur le *Queen of Ocean,* superbe douze mille tonnes de cent mètres qui devait inaugurer un nouveau parcours, avatar moderne de l'Express Côtier, avec une extension au Spitzberg. Les modalités de travail, trois lignes sur le contrat d'embauche que Dalla signa en quelques secondes après s'être débarrassée non sans peine de son ancrage affectif à Lars, forgèrent définitivement toute sa vie. Ses deux demi-vies. Conditions d'embauche très particulières puisqu'elles stipulaient que la fonction impliquait une présence à bord quinze à seize jours par mois, durée de la croisière de Bergen à Alesund au Spitzberg. Suivaient une quinzaine de jours de repos, à terre, ce sans vacances intermédiaires puisque la Compagnie considérait qu'*in fine* le salarié bénéficiait de six mois de repos dans l'année. Dire que Lars prit cette perspective d'existence deux ans après sa rencontre avec Dalla comme une vie nouvelle exaltante serait exagérée. Si son esprit méthodique et son goût pour une vie structurée pouvaient s'y retrouver dans pareils cycles d'existence, le cœur et le corps protestaient silencieusement. Sa conviction qu'aucun argument rationnel ne la retiendrait à terre lui permit de faire bonne figure sur le quai de Bergen lors du premier embarquement. Il fut beaucoup moins présent lors des retours et départs ultérieurs.

II.

Kristens était là, simplement là, les quinze jours et nuits de navigation. Il se liait au navire comme le brouillard aux mers d'huile, monté à bord dès sa mise à flot, une dizaine d'années plus tôt. Second efficace, mais taciturne d'un commandant mondain qui attendait fébrile les « soirées du capitaine » pour sortir son smoking, lui évoquait plus un lointain parent des pilleurs en drakkars. Corps massif, mais souple, visage carré encadré d'une barbe régulière poivre et sel, yeux francs bleu-vert, sourire rare, mais qui, lorsqu'on avait la chance de le croiser, évoquait immédiatement un mélange parfait de force et de douceur. Hélas pour les nombreuses post-soixantaines esseulées qui hantaient le pont à la nuit, Dalla prit son poste sur le *Queen of Oceans.* Ils partagèrent lors des pauses les mêmes silences immobiles de la contemplation. Les mêmes regards avides d'horizons fluctuants dans lesquels se perdre confinait à la sérénité. Et certainement le même vide indéfinissable qui fait que deux êtres en apparence aboutis et équilibrés vont cependant devoir le combler *ensemble* sans pouvoir résister. Dalla exemplaire dans sa vie jusqu'alors harmonieuse avec Lars, transparente et sincère, attentive et tendre, la stabilité à vie. Kristens, droit comme un menhir, plus trépied marin que bipède terrestre, se contentant de rares ruts fugaces dans les bouges de quelque port sordide. Improbable rencontre… Dalla qui avait choisi en toute lucidité cette césure de vie n'imaginait pas un instant transformer ses quinzaines maritimes de quelques manières que ce fut. Pour Kristens, le vieux gréement de neuf mètres ancré à Bergen et sur lequel il vivait hors service comblait ses rares pensées vacantes. La simple rencontre professionnelle aurait pu suffire, le vide attractif en décida autrement. Le troisième quart quelques jours plus tard, se termina cette fois par une aube jaune vaporeuse dénudant les sommets immaculés des *Lyngsalpene* sur une mer mauve apaisée. Un émerveillement synchrone et silencieux. Deux regards parallèles tendus vers ce spectacle réservé aux grands contemplatifs et qui finissent par y converger. Le troisième quart vibra de l'évidence d'une fusion à venir dans laquelle s'exclut cette fois toute poésie. Vingt-cinq ans plus tard, l'un comme l'autre durant l'isolement de leurs séparations cycliques se demandent encore pourquoi après leur première étreinte, d'autres suivirent puis d'autres encore, à chaque rotation telle la marée immuable. Probablement parce que Dalla comme Kristens, à peine quelques mois après le début de leur liaison récurrente avaient acquis deux certitudes que le rabot du temps n'a jamais entamé. D'une part, ils n'abandonneraient pas leur pilier de vie antérieure, le calme protecteur que procurait Lars à Dalla ; la liberté solitaire du refus d'une attache définitive pour Kristens. D'autre part, cette indicible communion extatique de leur corps qu'ils ne trouvaient que l'un dans l'autre. Dalla disait parfois, avec une légère tristesse dans la voix : « nous sommes des amants obligés… ». Ce double constat lucide, partagé, allait servir d'assise indestructible à ces deux demi-vies apparemment sans fin. Jamais au cours de ces années, Kristens n'interrogea Dalla sur sa vie *là-bas,* pas plus qu'elle ne lui demanda comment il meublait ses longues quinzaines de solitude. Ils avaient inventé une schizophrénie réciproque et consentie. Dalla poussa la séparation absolue de ses deux modes d'existence jusqu'à la perfection : elle donna à Lars une fille, Berglind, qui habita au-delà de ses vœux le désert des quinzaines d'absence de sa femme. Plus étrange, Kristens ne prit jamais garde aux quatre kilos et demi qu'elle dissimula parfaitement durant sa grossesse. Il en alla ainsi paisiblement de cette destinée bicéphale. Cependant le temps, le simple temps qui passe ignore les découpes artificielles des hommes. Ils pensaient l'avoir remanié par ces quinzaines dédoublées à vie, mais il allait simplement leur rappeler son déroulement immuable dans lequel un jour dure un jour, un mois un mois et une année une année.

III.

« Madame, Conformément aux règlements en vigueur au ministère des Affaires Sociales, **Danish Overseas** *vous informe que vous pourrez faire valoir votre droit à la retraite dans un délai de trois mois à dater de ce jour. Toute demande de prolongation volontaire d'activité au-delà de cette date ne pourra être acceptée par notre Compagnie. Veuillez accepter, Madame, l'expression de notre considération distinguée ».* Surprise brève pour Dalla : le temps de la lecture du courrier recommandé. « Retraite »… Dès lors, deux sensations désagréables et prégnantes s'installèrent en elle. Tout d'abord, sa perception de la mer lui sembla désormais différente comme si les vagues s'éloignaient de l'étrave. Elle mit quelque temps à comprendre qu'elle devait cette curieuse sensation au fait crûment matériel que trois mois plus tard elle poserait définitivement son sac sur le quai de Bergen. Ensuite, la certitude de la décision impossible qu'elle allait devoir prendre au terme de ces trois mois. Ses demi-vies si équilibrées, si harmonieuses, transformées brutalement en une vie, simple, totale, complète et pourtant en permanence amputée. Avec la sanction sans retour du choix obligé qui allait la priver soit de ce tripode familial terrien, solide et

équilibrant, soit de ces tempêtes sensorielles itératives. Chaque jour passé lui apportait angoisse et indécision supplémentaires qui entravaient plus encore ses capacités d'analyse objective. Souvenirs faits de brefs, mais récurrents instants d'extase et de paisibles longs moments de tendresse que seul ce mélange… pouvait lui fournir. Lars et Kristens ; Kristens et Lars ; Lars et Berglind… Elle se heurtait chaque fois à l'impossibilité d'imaginer la disparition définitive de l'un ou l'une d'entre eux. Mais il faut croire que « la vie » joua encore son rôle à la perfection. *Overseas* n'avait pas connu d'accident maritime depuis plus de quarante ans. La qualité des commandants de bord et des équipages, la connaissance parfaite des voies de navigation semblaient la mettre à l'abri des tragédies. D'ailleurs l'accident si spectaculaire et surprenant qu'il fut, ne fit qu'une victime. Quelle idée saugrenue surgit dans la tête du pilote pour qu'il double ainsi l'île de *Hopen* en mer de *Barents* de nuit à moins d'un demi-mile de la côte alors que le passage habituel se situait entre deux et trois miles du bord ? Le navire s'empala sur un haut-fond et seule sa faible vitesse d'à peine trois nœuds évita une hécatombe. La seule voie d'eau eut lieu dans la cabine de Dalla, zone de choc direct avec les roches. Elle fut projetée contre la paroi métallique et mourut, semble-t-il, immédiatement. La mer s'engouffra jusqu'à mi-cabine et emporta avec elle ses lettres inachevées.

IV.

Contre les murets noirs du petit cimetière, les linaigrettes échevelées se penchent jusqu'au sol sous un vent glacial de Nord-Est. Une dizaine de personnes serrées les unes contre les autres comme un troupeau de bœufs musqués suit à petits pas le cercueil dissimulé dans le corbillard terne. Tombe préparée, monticule de terre sombre prête à être jetée sur le cercueil, mais touches de couleur surprenantes dans ce pays gris-noir de sol volcanique, une dizaine de roses carmin posées au sol. Installée seule au plus près de la fosse, une longue jeune femme émue, mains crispées, devant Kristens et Lars séparés de quelques mètres, légèrement en retrait, regards fixes plongés dans la tombe. Au moment de la mise en terre, d'un même geste spontané inattendu, les deux hommes lui saisissent chacun une main ; bruit mat de la terre jetée sur le bois brillant. Brusquement, avant que la dernière pelletée n'enfouisse Dalla dans sa terre d'Islande, la jeune femme sort de sa poche une petite fiole de verre et en renverse le liquide transparent dans la tombe. « De l'eau de ta mer… », murmure-t-elle. Éloge funèbre monocorde d'un pasteur en costume couleur de lave, croix claire de pin brut et enfin, silence venteux. La femme s'éloigne à petits pas, seule devant l'assemblée qui se disperse lentement. Derrière elle, Lars s'approche de Kristens et d'une voix murmurée lui dit :

— Nous ne nous connaissons pas, mais vous… vous la connaissiez ?

— … À moitié, peut-être. Et vous ?

— Étrange que vous m'ayez fait cette réponse… J'aurais envie de répondre la même chose. Et comment l'avez-vous connue ?

— … Je crois qu'elle aurait préféré que je n'en parle pas. Mais… cette jolie fille devant nous ?

— Ma fille Berglind !... Elle a dix-huit ans.

Pour Kristens, retour hésitant dans une mémoire parsemée de souvenirs incertains. Mais l'intensité émotionnelle du moment doit le servir, car un épisode étrange de leur vie hachée lui revient par bribes claires. Étrange, car leur temps de vie commune habituel — quinze jours de présence intense puis quinze d'absence complète — avait été une seule fois quelque peu perturbé. Plus de quatre semaines sans la voir, deux rotations complètes, un seul message au radio du bord assurant que tout allait bien. Et une information laconique arrachée à la Compagnie signifiant un arrêt de travail pour « convenance personnelle ». Dix-sept ou… dix-huit ans plus tôt. Plus précise encore, une succession d'images limpides qui dessinent Berglind : le ventre à peine rebondi de Dalla durant cette période qu'il moquait lors de ses caresses ; son absence brutale sans explication pour ce long mois ; son visage épanoui, bien que las, à son retour ; son ventre à nouveau plat qu'elle justifia par la fatigue passée. Et quelques mois durant, une langueur molle qui semblait la conduire vers la mélancolie. Les vagues éternelles, les fjords définitivement sublimes et leurs étreintes retrouvées finirent par dissoudre complètement cette tranche de vie dans le magma de sa mémoire. En quelques secondes, il se sent désormais seul et lourd porteur d'un double non-dit existentiel qu'il devra enfouir à vie : cet homme qui lui a pris la moitié de sa vie — il ne lui vint jamais à l'esprit que *l'autre* aurait pu lui faire le même reproche ; cette enfant qui ne saura jamais avec qui sa mère fut extatique un jour sur deux. Les regardant intensément, il les salua d'un faible sourire emprunté et sortit du cimetière. Personne ne vit qu'il pleurait.

Quant à Lars, il finit sa vie sans Dalla comme il l'avait commencée avec elle. Comme une brume de terre en hiver qui se lève par instants pour laisser passer une trouée de soleil pâle. Il savait, il sentait plutôt que la demi-vie lointaine marine de Dalla avait été pleine. Sans doute épanouie tant elle sembla lui donner ainsi qu'à Berglind dans les jours restants une profonde tendresse à peine distante. Il ne put lui en vouloir, car elle lui avait dit un jour, comme pour s'excuser, que là-bas en mer « elle se perdait un peu… ».

Enfin s'éloigne un étrange couple qui n'existe pas, car il ignorera sa propre réalité. Personne ne saura si Dalla, soit au moment d'entamer sa nouvelle vie *entière,* soit quelques instants avant de quitter cette terre, ne serait pas enfin libérée de cet écrasant secret : jamais Kristens et Berglind ne pourront s'étreindre comme le font un père et une fille qui se retrouvent enfin.

Passion Prophétique

Stéphanie Mourier

Patiemment assise à côté du pianocktail, Pauline préféra un porto aux propositions du patron du Piazza, qui palabrait sur les privations de la pandémie passée et livrait un pamphlet pénible sur le pangolin.

Son pashmina pourpre posait plaisamment sous une parure précieuse perlant sur sa popeline pastel. Sa poitrine se para peu à peu de petits picotements, prolongeant les pulpeuses palpitations dans lesquelles elle pagayait. Pétillante, nimbée d'un parfum patchouli et d'une pointe prononcée de passiflore, elle l'imaginait, presque vingt ans après leur premier (et dernier) pèlerinage à Prague. Probablement paisible, princier : Pharaonique. Lorsqu'il pénétrerait ici, pensa-t-elle, la porte deviendrait paillettes ; le Piazza : un palais protégé d'une plantureuse palmeraie dont elle serait la princesse prodigieuse.

Puis une première perplexité la pourfendit. Elle pâlit. Et si le paradis qu'elle se promettait se perdait en pandémonium ? Que pouvait-il éprouver présentement ? Lui plairait-elle ? Prostrée, elle psalmodia sur son propre physique et sur la prétendue pitié qu'elle pourrait lui provoquer. Les percussions de son péricarde se pervertirent précipitamment en permafrost. Ses pérégrinations psychologiques la propulsèrent alors dans une peine profonde : elle ne serait probablement pas prestigieuse à ses yeux, ni même prisable, philosopha-t-elle.

Pendant que sa pyramide de plaisir périclitait, une pernicieuse panique la parcourut : pourvu qu'il me parvienne, professa-t-elle. La précision de l'heure, du point du rendez-vous, tout devint péril et piège psychique. Elle préféra la prière comme palliatif contre sa propension permanente à perdre tout pragmatisme.

La perspective de ponctualité prit fin, il se pointerait en retard. Elle pestait contre la pendule qui la pilonnait de ses pointes perfides. Pinjolu*, persifla-t-elle, persuadée qu'elle ne le percevrait donc pas. Pourquoi ne pas me prévenir, les portables sont prohibés à présent ? Il vient en pirogue, elle est peut-être en panne, prophétisa-t-elle pendant qu'un nouveau porto la plébiscita. Toute poésie passée, ce fut un panégyrique prolixe de la possible prétention de ce piètre personnage pour qui, paradoxalement, perdurait sa patience.

Privée de pensées positives, Pauline perdit pied dans la pléiade de ses péroraisons. Pendue à la prémonition péremptoire que cette part de vie se perpétuait plutôt en boîte de Pandore, elle prit la posture d'une pestiférée. Une pure angoisse la perclut pathologiquement et la plomba dans une pantomime pieuse.

* *Pauvre type (occitan)*

Pam ! La porte du Piazza fut promptement porphyrisée derrière les pas prudents d'un sourire philanthrope et pudique. Son regard perçant parsema le parquet de pivoines, pétrifia la pendule, la peignit façon Dali et pria le piano de reprendre plaisir à parer le lieu de sa partition. Celle-ci papillonnait sur la peau de Pauline, qui prit l'allure d'un phénix. Providentiel, Pio était prestement pardonné. À presque quarante ans, il n'était pas parfait ; il était pire.

Sortilège d'Adieu
Patricia Lautre

Nous attendions, assis sur la terre battue. La nuit d'automne avait tout englouti : plus de formes, plus d'ombres ; des ténèbres opaques formaient comme un couvercle qui étouffait les sons et noyait la moindre lueur. En plein jour, j'aurais sans doute pris plaisir au murmure des branches ; mais à cette heure-ci, les plus merveilleuses sensations semblaient muées en menaces, et je tremblais de peur autant que de froid. Notre quête était, bien sûr, de première importance. Je m'efforçais de m'en souvenir, en me concentrant sur l'odeur d'humus qui montait des feuilles mortes. Régulièrement, je secouais mon poignet pour faire tinter le grelot de mon bracelet rouge, sur lequel des maîtres avaient brodé les signes protecteurs en usage pour repousser toute chose néfaste. Autour de moi, pas une minute ne passait sans que d'autres grelots fassent entendre leur plainte. Ce geste était devenu un automatisme au sein de notre communauté : notre survie dépendait des bracelets sacrés…

Quelque part en contrebas du plateau, une lumière apparut enfin. Vacillante, elle s'effaçait parfois pour ressurgir un peu plus près, tel un feu follet. Au bout d'un temps incalculable, elle émergea sur le chemin que nous avions investi et grossit à mesure qu'approchait son possesseur : je reconnus avec soulagement Maître Chen, dont la main gauche serrait la lanterne et le petit gong, sur lequel sa main droite frappait un coup à l'aide d'une baguette de bronze, tous les quatre pas. Le vieux maître n'accéléra pas en nous voyant ; il garda la cadence rituelle jusqu'à ce qu'il nous ait rejoints. La procession qu'il conduisait ne comptait que trois personnes : le daoshi lui-même ouvrait la marche ; Hong, un moine plutôt expérimenté, formait la queue. Entre eux, une femme fixait le sol. Sa peau blême était recouverte de coupures ; pourtant elle restait impassible. Une lourde chevelure noire lui couvrait les épaules et les yeux ; entre deux mèches, pile au milieu du front, le talisman de contention formait une touche de couleur grotesque, d'un jaune criard. Maître Chen s'arrêta en grommelant et s'essuya le visage avec sa manche.

— Nous avons bien cru ne pas y arriver, expliqua-t-il. D'après nos informations, elle se trouvait dans un lac, ce qui rend toujours la récupération si difficile ; heureusement qu'on a vérifié les alentours, par acquit de conscience ! En fait, elle gisait juste au fond d'un ravin… Ouf !

Quelques feuilles se détachèrent d'un bouleau presque nu et se posèrent sur la jeune femme, se collant sur sa figure sans entraîner chez elle de réaction. Mon camarade Zhang sortit le registre. « Liu Jiao », énonça Hong. Zhang dessina un point au fusain à côté de ce nom dès qu'il l'eut trouvé.

— Son prénom lui allait bien, dommage… Vivante, elle devait vraiment être très « belle ».

— Un peu de décence, Zhang ! gronda le maître. Nous sommes ici pour escorter ces défunts jusqu'à leurs familles afin qu'ils puissent bénéficier d'une sépulture ; pas pour commenter leur état civil. Allons ! Installez-moi cette recrue dans le convoi, les enfants ; il reste un sacré chemin avant le daoguan.

Il y avait encore trois nuits de marche, en effet. Les jiangshis, ces trépassés que nous ranimions le temps de les ramener chez eux, nous obligeaient à voyager après le coucher du soleil : leur nature ne leur permettait pas de résister à la lumière sans dommages. En outre, nous préférions limiter les rencontres avec les vivants : nos compagnons de route demeuraient inoffensifs tant qu'ils subissaient la puissance des talismans appliqués sur eux. Mais un incident est si vite arrivé… Les morts-debout développaient le goût de la chair vivante en un clin d'œil ! Aussi dormions-nous dans des abris réservés à notre congrégation pendant la journée ; le cortège se remettait en branle quand le dernier rayon avait fini de s'estomper. Maître Chen, en tête, frappait sur le gong, pour éloigner à la fois les mauvais esprits et d'éventuels voyageurs ; chacun d'entre nous, durant le périple, agitait son grelot. Les défunts cheminaient par petits bonds, entraînés par la corde commune que tirait un moine. La nuit suivante fut très calme, avec plusieurs récupérations sans histoires qui enrichirent les rangs de jiangshis. La nuit d'après, même chose. Nous fîmes halte avant l'aube dans un petit monastère. Nous étions attendus : les moines locaux, déjà sur leurs jambes, avaient préparé du riz et de la soupe. Ils les déposèrent au milieu de la cour, n'osant trop s'approcher de nos protégés.

Ce n'est qu'à la fin de cette pause que le problème nous apparût. Parmi les premiers réveillés du soir, je mangeais à la main un bol de riz gluant, sans me presser : nous ne partirions pas avant deux heures au moins. Tout à coup, Zhang surgit devant moi.

— Jin, chuchota-t-il, aurais-tu vu notre registre ? Je n'arrive pas à mettre la main dessus… Je me suis pourtant endormi avec, j'en suis sûr…

— De quoi ? Le registre ?

Je regardai autour de moi.

— Peut-être Maître Chen a-t-il eu besoin de le consulter pendant notre sommeil ?

Nous partîmes à la recherche du daoshi. Hélas, quand nous le trouvâmes, sa mine soucieuse nous parut de mauvais augure.

— Mes enfants, un désastre est advenu. Quelqu'un a dérobé non seulement le registre dans lequel nous consignons les noms des disparus, mais aussi mon carnet personnel, sans lequel je ne me déplace jamais. Je l'avais sur moi en m'allongeant. Vous le savez, j'y ai noté tous les rituels dont nous pourrions avoir besoin en cours de route. Et notre audacieux voleur a emporté une dernière chose…

Atterrés, nous comprîmes aussitôt ; inutile de recompter, il semblait clair qu'un jiangshi manquerait à l'appel… L'alerte fut donnée. Après un rapide coup d'œil, Zhang s'exclama :

— La femme du ravin, Liu Jiao ! C'est elle qui manque !

Les autres morts-debout se trouvaient toujours là, inertes, leur talisman au front. Il fallait prendre une décision.

— Très bien, déclara Maître Chen. Nous avons une jiangshi dans la nature, toujours porteuse de son Fu, espérons-le : ce sceau sacré devrait suffire à l'empêcher de nuire, si son ravisseur n'a pas la mauvaise idée de le lui ôter. Vous, là, de ce côté de la cour, vous ramenez nos morts-debout au daoguan, comme prévu ; vous vérifierez les identités avec l'exemplaire de la liste qui se trouve sur place. Après quoi, vous procéderez aux rituels et accompagnerez les familles des défunts dans leur deuil. Les autres, vous restez avec moi pour procéder à une battue. Nos hôtes m'ont d'ores et déjà assuré de leur participation active, mais je tiens à ce que tout moine d'ici collabore avec un initié de chez nous : nous connaissons l'apparence de la jiangshi et savons comment la maîtriser. Avec elle, il y aura au moins un malfaiteur, que nous savons prêt à tout ; a-t-il des complices ? Il faut l'envisager. Prenez des torches, des grelots et autant de Fus que vous le pourrez.
Un instant plus tard, nous avions tous quitté les lieux.

*

Impossible de se résigner. Jiao était sa bien-aimée, ils devaient se marier et vivre heureux jusqu'à la fin de leurs jours, comme dans les contes occidentaux. Puis, alourdis par le poids des ans, ils rendraient ensemble leur dernier souffle en rêvant à leur nombreuse descendance — deux âmes sereines qui se retrouveraient ensuite dans une autre vie. Fort de cette certitude, il ne s'était donc pas inquiété qu'elle ne soit pas arrivée à l'heure prévue : les aléas de la route, bien sûr, mais rien n'empêcherait la jeune femme de le rejoindre. Puis deux, trois jours de retard… Et cette nouvelle funeste, des fermiers avaient découvert les vestiges du véhicule. Quelques corps ; pas le sien… Il s'était accroché à cet espoir : elle vivait, évidemment ! Une beauté désorientée à cause de son accident, on la repèrerait vite, on la lui ramènerait. Par malheur, les augures étaient formels : d'après les prêtres taoïstes, le souffle de vie n'animait plus Jiao. Les religieux avaient alors lancé le protocole du « Sortilège d'Adieu », une formule sacrée grâce à laquelle un maître taoïste repérait et ranimait un défunt, afin de le rendre aux siens pour qu'il bénéficie de funérailles en bonne et due forme. L'un de ces maîtres leur avait tout expliqué.

— Surtout, pensez à mettre des clochettes ou des grelots à toutes les ouvertures de vos demeures, avait-il ajouté. Il arrive que les trépassés reviennent chez eux avant qu'on les retrouve.

Jusque-là, Dong était resté muet, abattu, dans l'attente du réveil, puisque tout cela ne pouvait être qu'un affreux cauchemar. Les mots du daoshi le sortirent de sa torpeur.

— Pardon ? demanda-t-il. Elle rentrerait d'elle-même ? Ce que vous dites, c'est qu'elle est morte, mais que votre magie lui rend la vie, la pensée…?

— De manière temporaire, précisa le daoshi avec douceur. Et, je dois vous le répéter, la magie ne réactive que le corps. Un vivant est alimenté à la fois par les forces hun et po ; mais quand on meurt, les forces hun, qui président à la pensée, au souvenir, à la personnalité, s'échappent irrémédiablement ; il ne subsiste que certaines forces po dans le meilleur des cas ; et ces dernières ne régissent que l'énergie physique, elles ne peuvent rien du point de vue de l'âme. Les corps que nous récupérons ne sont plus que des enveloppes vides.

— Alors, comment peuvent-ils retrouver le chemin de leur foyer ?

Dong insista. Il avait lu des histoires, affirmait-il au prêtre, dans lesquelles des femmes revenaient de la mort ressuscitées par le grand amour ; elles poursuivaient alors leur vie, sans séquelles. Le daoshi, navré, secouait la tête. Il voyait bien de quelles histoires parlait ce garçon. Des légendes européennes, pour divertir les gens au coin du feu. Dong soutint que, comme l'arbre a des racines, les légendes aussi naissaient bien de quelque vérité. À la fin, voyant qu'il s'escrimait inutilement, le daoshi mit un terme à la conversation :

— Jeune homme, ce ramassis de fadaises occidentales est contredit par notre expérience, à nous autres taoïstes ; ce que nous affrontons, lorsque nous ramenons les morts, n'a rien de commun avec vos belles qu'un baiser suffit à faire revivre. Nos trépassés n'ont plus rien d'humain ; et s'ils en trouvent l'opportunité, ils n'hésitent pas à vous mettre en pièces ! Les corps désertés recherchent le souffle vital pour s'en repaître ; mon garçon, votre fiancée est bien morte, j'en suis navré ; faites votre deuil.

Un peu brutal, certes, mais le daoshi espérait ébranler Dong pour lui rendre la raison.

Autant demander à un têtard de voler… Porté par une fièvre

inconnue, le jeune homme avait pris ses renseignements. Désormais, sa foi se teintait d'euphorie : tout cela n'était qu'une quête, que se devait de mener tout prince charmant digne de ce nom. Pourquoi ne pas y avoir songé plus tôt ? Le Destin l'invitait à prouver sa valeur en sauvant sa Belle. Il ne connaissait pas de fée ni d'enchanteur, mais la magie taoïste ferait l'affaire ; il l'aurait, sa fin heureuse ! Surpris par sa propre audace, il avait pisté les moines. Son cœur dansa lorsque le daoshi revint avec Jiao ; la grâce de celle-ci, épargnée par la mort, affermissait la conviction de Dong : on voyait bien que son aimée appartenait encore à ce monde... En filant la procession, il se répéta mentalement toutes les scènes de son plan, ajustant chaque élément pour que l'intrigue tourne comme une machine bien huilée. Devant le monastère, pour se donner du courage, Dong s'imagina contant son sauvetage à Jiao ; elle le regarderait avec une telle admiration... L'expression de sa fiancée lui apparut si vivement qu'il rit tout haut. Nu-pieds, le jeune preux parvint à se glisser jusqu'au groupe endormi. Les religieux locaux lui facilitèrent la tâche, tant ils mettaient de soin à éviter le voisinage des jiangshis... Dans son exaltation, Dong s'empara du premier carnet qu'il croisa. Voyant dépasser d'une robe une couverture écarlate, il s'en saisit adroitement et rebroussa chemin. Il allait se féliciter quand un coup d'œil aux pages lui fit comprendre son erreur : il avait dérobé le registre, pas le recueil de notes du daoshi ! Sans se laisser abattre, Dong cacha ce butin et revint sur ses pas ; cette fois, il observa les dormeurs. Jusque-là, il n'avait aperçu ces hommes que de nuit, à distance, sans trop les différencier. Cependant, Maître Chen était plus âgé que les autres, et devait porter barbe. Ayant repéré sa proie, le jeune homme avança. Il s'accroupit silencieusement près du maître… Scruta ses habits pour repérer l'objet convoité… Laissa ses doigts effleurer le tissu, pincer le bord du carnet… Il tira d'un coup sec. Aucune réaction de la part du prêtre. Dong reculait vers la sortie quand il se rendit compte qu'il oubliait l'essentiel. Pour la troisième fois, il lui fallut passer près des moines. Les jiangshis reposaient, assis contre un mur. Escamoter un mort-debout n'était pas si compliqué : on devait défaire la boucle individuelle qui retenait la créature à une barre commune, posée devant les morts alignés ; ce que fit Dong. Jiao ne réagit pas, laissa son fiancé la prendre par la main et se leva quand il tira un peu sur son bras ; elle le suivit docilement. Surtout, pas d'imprudence, mon petit Dong… Tu as presque réussi ! La mésaventure d'Orphée, vaincu aux portes du bonheur par sa propre inconséquence, surgit dans son esprit comme un flambeau. Les héros d'aujourd'hui peuvent tirer les leçons de cet antique fiasco : nul ne doit croire sienne sa promise avant de l'avoir sauvée à coup sûr.

Le couvert des bois procura une bouffée de soulagement au jeune homme. Il quitta le sentier avec Jiao et s'enfonça dans les fourrés. Le hasard, ou le destin les conduisit jusqu'à une clairière où les ruines d'un sanctuaire offriraient une halte idéale. Dong assit sa fiancée sur un banc de pierre, puis s'installa auprès d'elle. Il pouvait enfin la contempler. « Nos trépassés n'ont plus rien d'humain », la belle plaisanterie ! Comment croire ces sornettes devant le spectacle de sa douce amie, égale à elle-même, la tête légèrement penchée sur le côté... Ému, Dong lui caressa les cheveux. La vue du Fu sur son front le courrouça ; mais il tenait le moyen de libérer Jiao, en prouvant à ces moines étroits d'esprit que leur précieux savoir n'était pas infaillible, que la mort ne saurait vaincre le grand amour. Il suffisait d'ôter le parchemin. Jiao ne l'attaquerait pas : ses sentiments réveilleraient son âme et elle pleurerait de joie en reconnaissant son fiancé.

Dong avala sa salive, aspira une goulée d'air et décrocha le Fu.

*

— Le vieux temple ! s'exclama tout à coup Huo.
Les plus jeunes moines étaient censés rester au monastère ; celui-là s'était invité en catimini, poussé par la curiosité. Le garçon subissait un sermon, regardant devant lui d'un air buté, quand cette idée lui vint. Interdit, Maître Chen interrompit ses remontrances.
— Quel temple ?
On envoya un binôme dans la direction indiquée par Huo. Les éclaireurs revinrent bientôt : des traces récentes semblaient confirmer l'hypothèse du moinillon. On se rassembla pour procéder à un encerclement, et la battue se referma petit à petit. J'étais avec Liang, un moine de chez nous, et Maître Gen, un robuste prêtre local.

— Il est trop tard, gémit Liang.
Nous arrivions en vue du temple, ou plutôt, des ruines d'un sanctuaire. Il y avait quelques piliers ; plus de toit ; des dalles entre lesquelles l'herbe reprenait ses droits. Deux personnes se trouvaient là. Je reconnus Jiao, assise par terre ; à première vue, elle n'avait rien de changé, si ce n'est qu'elle tenait la main de l'inconnu. Lui gisait sur le ventre. Maître Chen et quelques autres examinaient les deux morts, car ils l'étaient bel et bien tous deux. Le daoshi avait remis la main sur les objets volés. En m'approchant, je constatai avec horreur que le visage de Jiao était barbouillé de sang.

— Eh bien, soupira Maître Chen, nous allons avoir besoin de cordes pour notre nouvelle recrue… Quel gâchis…

— Maître, demandai-je, qui est cet homme ? Avez-vous une idée de ce qui a pu arriver ?

— J'ai croisé ce garçon, peu avant mon départ ; un fiancé désespéré. Il a dû se figurer que nos sortilèges de mouvement étaient une forme de résurrection… Hélas… Regarde, elle lui a arraché la gorge. Allons, les enfants, emmenez-moi tout ça.

Les rites furent accomplis, on fit du jeune défunt un jiangshi et le couple fut préparé pour la route. Pourtant, quelque chose me gênait. Je m'approchai de Maître Chen.

— Maître… Je ne peux m'empêcher d'être intrigué… Si elle l'a attaqué, c'est qu'il lui avait ôté son talisman Fu. Comment avez-vous fait pour le remettre ? Elle a dû commencer à développer le goût du sang…

Le daoshi regardait les moines s'activer. Il prit tout son temps avant de répondre.

— Je n'ai pas eu à prendre le moindre risque : le Fu se trouvait sur son front lorsque nous sommes arrivés ; elle se tenait déjà tranquille.

— Que dites-vous ? Il serait parvenu à le replacer avant de succomber ?

— C'est ce que je suppose. Je peux me tromper…

Il s'éloigna. Songeur, je repensais à la disposition des corps ; et plus j'y réfléchissais, plus une étrange théorie germait dans mon esprit. Le jeune homme ne se trouvait pas tourné vers Jiao ; on l'avait retrouvé face contre terre. Il aurait aussi fallu qu'il soit plus près pour appliquer le talisman, même de manière imparfaite. En outre, pourquoi donc lui tenait-elle la main ? Il n'y avait qu'une explication, mais je la savais impossible. Oui : les jiangshis n'ayant plus d'âme, impossible qu'elle ait pu se rendre compte de ce qu'elle faisait… Impossible qu'elle ait pu vouloir neutraliser ses pulsions meurtrières en apposant sur son propre front le parchemin de contention… Même l'amour fou ne dispose pas d'un tel pouvoir.

Sentant la confusion m'envahir, je reportai mon attention sur l'assemblée qui s'éloignait, menant les deux fiancés réunis dans la mort. Presque une semaine après son trépas, Jiao restait magnifique, le Sortilège d'Adieu ayant bloqué l'altération de son corps.

Pourtant, pour un cadavre ambulant, je lui trouvais une démarche étonnamment souple…

Nous ne nous rencontrerons jamais
Patrizio Fiorilli

Avant même d'avoir ouvert l'enveloppe, Dino Conti a su qu'il ne s'agirait pas d'une lettre comme les autres : pas de nom, pas d'adresse, pas de timbre. Quelqu'un a jeté cette lettre dans sa boîte aux lettres, quelqu'un qui voulait rester anonyme.

Il a ouvert l'enveloppe, assis à la table de la cuisine. Il y a trouvé plusieurs feuilles de papier ordinaire pliées en quatre qu'il a étalées sur la nappe de plastique rouge.

La première ne contenait aucun mot, juste des centaines de petits soleils dessinés, chacun visiblement par une main différente. Certains enfantins, d'autres élaborés ; des soleils jaunes bien sûr, mais aussi d'autres noirs, bleus, rouges, des grands gonflés d'espoir, des petits timides, des soleils dessinés au crayon, au feutre ou au stylo.

Sans aucune explication, sans le moindre mot.

Les feuilles suivantes constituaient un long texte, écrit à la main, mais par une seule personne cette fois. Quelqu'un de minutieux à en juger par la calligraphie régulière et très précise, et les lignes bien droites.

Cela fait longtemps que je n'ai plus reçu de lettre écrite à la main, se dit-il, intrigué, avant d'entamer la lecture.

« Nous ne nous rencontrerons jamais. Je ne connaîtrai jamais ton nom, tu ne sauras jamais qui je suis. Peut-être que nous nous croiserons un jour, sur un quai de métro ou dans un magasin, et nos regards s'effleureront une seconde, glisseront l'un sur l'autre, sans s'arrêter, sans éveiller aucune flamme d'intérêt. Et nous repartirons dans deux directions opposées, chacun dans son brouillard légèrement gris, mais tiède aussi, sans jamais savoir qui était l'autre.

Tout à l'heure, lorsque j'aurai fini cette lettre, je la mettrai dans une enveloppe, une banale enveloppe blanche comme en circulent des millions chaque jour ; j'enfilerai mon imperméable bleu et je me promènerai dans les rues de la ville, en serrant au fond de la poche la lettre que je t'ai écrite.

Je me dirigerai vers des quartiers où je vais rarement, je chercherai des rues dont j'ignore les noms, et puis, à un moment, je m'arrêterai devant une maison ou un bloc d'appartements, et je glisserai très vite l'enveloppe dans ta boîte aux lettres, en m'efforçant de ne pas lire ton nom.

Et je repartirai à grands pas, la tête basse, enfoncée dans les épaules, comme si j'avais commis un acte légèrement répréhensible.

Et je ne reviendrai plus jamais dans ta rue.

Bien sûr, les premiers jours je repenserai à cette lettre. Je me demanderai qui tu es, homme ou femme, jeune ou vieux, noir ou blanc, généreux ou égoïste, émotif ou cérébral... J'essaierai d'imaginer l'effet que cette lettre aura eu sur

toi, les émotions qui se succéderont en toi au fil des phrases.
J'imagine aussi que j'aurai des moments de doute, d'inquiétude : et si tu m'avais vu déposer la lettre dans ta boîte ? Et si quelqu'un qui te connaît m'avait aperçu, m'avait reconnu ?
Parce que, tu vois, tu n'auras jamais reçu une telle lettre dans ta vie, et tu n'en recevras jamais une autre pareille.

Pourquoi ce mystère ? Pourquoi m'enfuir sans te laisser aucun moyen de me retrouver ? Pour une raison très simple : tu ne peux rien pour moi, ni toi ni personne.
Cette lettre, c'est un cri. À la lune, à la nuit.
Et j'ai besoin de hurler en silence. Voilà tout.
Besoin de hurler…

Je te rassure (ou te déçois) tout de suite, il ne m'est rien arrivé de tragique, spectaculaire ou dramatique. Au contraire, il ne m'est rien arrivé.
Rien.
Et c'est pour ça que je hurle.
À cause de ce "rien", du néant. En moi, autour de moi et devant moi.
Je n'ai pas toujours été comme ça, tu sais. Moi aussi, j'ai eu des rêves chamarrés, de grandes passions, de douloureux déchirements.
Mais c'était il y a longtemps.
Depuis, j'ai rejoint Le Grand Cirque de la Vie, et tous mes rêves, toutes mes passions y sont passées.

Regarde-moi, assis, le tronc bien droit, les avant-bras sagement posés sur les accoudoirs, la tête droite et le regard figé, comme ces millions d'autres spectateurs rassemblés sous Le Grand Chapiteau. Regarde-moi suivre d'un regard absent le spectacle minable de nos vies.

Des années que je suis cloué à ce siège, et que, jour après jour, le même spectacle se répète. Bien sûr, de temps en temps le décor change, le maquillage aussi. Mais au fond, c'est chaque fois le même spectacle.

Et en prime, la certitude qu'il ne changera jamais. Parce que Le Grand Chapiteau s'est refermé sur nous tous. Il n'y a pas de sortie. Nous sommes tous prisonniers.

Combien de temps, combien d'années, combien de décennies peut-on vivre une vie qu'on ne parvient même pas à haïr tant elle est creuse ?

Je voulais te dire que je n'en peux plus de me lever tous les matins pour aller au boulot, à ce boulot ou à un autre, d'y passer mes journées avant de rentrer chez moi, de dîner, d'abdiquer devant la télé et de retourner au lit. Pour tout recommencer le lendemain. Un Groundhog day *à l'éternité et à l'échelle planétaire.*

Parce que la vie mériterait plus, mille fois plus, que se crever pour ces choses qui, au fond, n'ont aucun, aucun intérêt.

Plus envie de chercher à vendre quelques baudruches de plus, d'impressionner un autre prisonnier du Grand

Chapiteau dans l'espoir qu'il me récompense en m'offrant un fauteuil légèrement plus large, légèrement plus près de la piste.

Plus envie de céder aux minauderies des vendeuses de chocolats glacés depuis que je me suis rendu compte qu'il fait froid, que je n'ai pas faim et que leurs chocolats glacés sont faits de vent et de poussière.

Je regarde autour de moi, chaque jour, et je ne vois que d'autres spectateurs enchaînés à leurs fauteuils, mais prêts à s'entretuer pour emmagasiner plus de vent et de poussière, disséquant fiévreusement le programme, impatients que commence le numéro suivant alors qu'il s'agira jusqu'au bout du même numéro, cloné à l'infini.

Ne me dis pas que je suis le seul à me rendre compte de l'obscurité qui nous entoure, le seul à être assoiffé de soleil. Je veux voir le soleil, quitte à ce qu'il me brûle les prunelles, à ce que mon sang commence à bouillir et que je meure en me tordant de douleur, mais mourir en hurlant vaut mieux que vivre en silence et dans l'immobilité.

Je rêve d'une évasion massive, tu vois. Que tous les spectateurs se lèvent d'un même mouvement, qu'ils arrachent leurs fauteuils, que nous les jetions au milieu de la piste pour en faire un bûcher dans lequel se consumerait Le Grand Chapiteau.

Après ? À quoi ressembleraient nos vies libérées du Grand Cirque ?
Je ne sais pas. Personne ne le sait ni ne le saura jamais.
Parce que nous sommes tous prisonniers. Nous ne pouvons pas nous échapper de nos vies de fourmis. Condamnés à répéter jusqu'au bout des mouvements dont la finalité nous échappe : amasser de la nourriture, des brindilles, construire une fourmilière plus grande, la défendre, la nettoyer. Sans jamais savoir quel est le but, la fonction réelle de la fourmilière. Sans aucun moyen d'imaginer à quoi ressemblerait une vie sans fourmilière.
Il ne me reste qu'à hurler le désespoir de mon impuissance.

Demain matin, je redeviendrai fourmi. Comme hier, comme toujours. Jusqu'à mon dernier jour. There is no escape.

Avant de te quitter, je vais te dessiner un petit soleil sur une feuille. Parce que je veux croire que, toi aussi, tu as envie de hurler dans tes accès de lucidité, c'est inévitable.
Un petit soleil alors, de moi à toi. Pour te dire que tu n'es pas seul(e), qu'il doit y avoir d'autres fourmis parmi nous, d'autres spectateurs emprisonnés sous Le Grand Chapiteau, qui se sentent, eux aussi, mourir d'une très lente asphyxie.

Peut-être que tu ajouteras un petit soleil à côté du mien, <u>ton</u> soleil, et que tu replieras ensuite ces feuilles, que tu les glisseras dans une enveloppe sans timbre et sans nom, et qu'un jour, lorsque tu sentiras que le moment est venu, tu la *déposeras dans la boîte aux lettres d'un inconnu, où que tu sois ce jour-là.*

Et peut-être qu'un jour, je découvrirai dans ma boîte une enveloppe sans nom et sans timbre. Elle sera lourde. J'y trouverai cette lettre que je t'écris, accompagnée de millions de soleils dessinés par des millions de sœurs et de frères anonymes.

Et ce jour-là, tout le monde se sourira dans la rue, nous serons tous complices. Le Grand Chapiteau n'aura pas flambé, nous serons toujours enchaînés à nos fauteuils, mais nous regarderons en riant aux larmes de ce spectacle lamentable auquel nous sommes forcés de participer.
Un fou rire planétaire qui montera jusqu'aux étoiles, jusqu'au fond de l'univers.
À ton tour maintenant, à toi de jouer. »

Dino Conti, trente et un ans, chauffeur de taxi, marié et père d'un enfant, replie rêveusement la lettre. Assis à la cuisine, il regarde par la fenêtre. Dehors, le ciel n'est qu'un infini nuage gris, et le vent, à grands coups de poing, s'acharne sur la vitre. Derrière lui, son épouse, Rita, repasse les vêtements de leur petite fille ; à la radio, un chanteur s'égosille sur une fade mélodie ; sur la table de la cuisine, des factures à payer, des prospectus publicitaires, l'auréole laissée par une tasse de café, les mies du goûter de la petite…

C'est une petite cuisine au douzième étage d'une tour de dix-huit étages. Une tour de béton gris comme le ciel, une cuisine étriquée et épuisée, comme un âne sous le bât.

La voix de Rita lui parvient de très loin : « J'ai vu une annonce pour une belle maison dans le journal. Deux chambres et un petit jardin. Nous pourrions aller la visiter après ton service. Ce serait bien pour la petite, une maison avec un jardin… Dino, tu m'écoutes ? »

Dino baisse les yeux sur les feuilles repliées qu'il tient toujours des deux mains : « Oui… Oui, ce serait bien… »

Il hésite une seconde, et reprend : « Où sont les crayons de couleur de la petite ? »

« Dans le tiroir de la commode. Et puis aussi, on devra faire un saut à Ikea ce week-end, il ne faut pas manquer les soldes. »

Il se dirige vers la commode, ouvre le tiroir et en sort un crayon jaune au bout mordillé par une petite fille de cinq ans : « Tu as raison, surtout ne pas manquer les soldes… ».

Sur la feuille ensoleillée, il y a encore beaucoup de place ; il dessine rapidement un soleil, en s'assurant que Rita, le dos tourné à moins de deux mètres de lui, ne voit pas ce qu'il fait. Il replie les feuilles en quatre et les enfouit dans la poche arrière de son blue-jean. Il doit encore rester quelques enveloppes dans le deuxième tiroir de la commode.

Il sourit. Comme il n'a plus souri depuis longtemps.

Baiser de rideau
Bastien Autuoro

Comme un cinglement de ceinture, trois coups secs déchirèrent le silence. Elle, accoudée sur le bar, sentit inexorablement son ventre se nouer. Elle était prête, elle le savait, ce soir c'était le grand soir. Des années qu'on la muselait, des années qu'elle se fanait, des années qu'on la mettait entre parenthèses. Ce soir, elle ouvrait enfin les guillemets.

Elle se redressa et leva la tête vers la lourde porte de bois. Comme avant un combat, elle avait enfilé son armure. Sur ses paupières, à grands coups de pinceaux, elle avait minutieusement préparé ses peintures de guerre. Du fard, vert, patiemment appliqué pour cacher les ombres qui hantaient son visage. Du fard pour cacher la peine, du fard pour cacher la peur. D'un pas décidé, elle traversa à grandes enjambées le salon, ses talons imprimant la cadence en faisant trembler les planches. La mâchoire serrée, des grommelots plein la bouche, on l'entendait se donner du courage. « Bonne chance » cela faisait longtemps qu'elle ne se le souhaitait plus.

En arrivant devant la porte, elle se figea. La main suspendue au-dessus de la poignée, elle n'entendait plus que son cœur frappant ses tempes. Un instant, la panique la rattrapa.

Insidieusement, elle se mit à ramper sous ses côtes, à lui presser les entrailles, à lui serrer le cœur. Une goutte de sueur glacée se fraya un chemin entre ses omoplates. Et si ce n'était pas le bon soir finalement ? Et si les choses avaient enfin changé ?

D'un mouvement de tête, elle chassa en bloc ses idées noires. Trop souvent elle avait accepté la défaite, pas cette fois-là. Machinalement, elle retira la chaînette, pressa la poignée et alla affronter son destin.

Derrière la porte, il était là, un petit sourire aux lèvres. À son bras, il tenait un bouquet d'œillets. Pourtant dans ses yeux clairs, pour qui savait la voir, on sentait frémir sa colère.

Sans qu'elle ne l'y invite, il franchit le seuil et prit possession de la pièce. Il posa son blouson sur le porte-manteau, son bouquet dans un vase et son égo au milieu du salon. Elle se retourna vers lui prête à en découdre. Sa bouche était sèche, sa langue pâteuse. Elle avait soigneusement choisi ses mots, elle les avait tournés dans sa tête des centaines de fois, tout ça pour ne pas hésiter, ne pas lui laisser le moindre répit. Devant son miroir, elle s'était même surprise à se donner la réplique, à se redire mille fois ces phrases qui allaient la libérer de son enfer. Elle était prête. Cependant, elle eut à peine le temps d'ouvrir la bouche qu'il la blézimarda.

D'abord, il lui dit qu'il regrettait, que cela ne se reproduirait plus, que ses mains avaient dépassé sa pensée. Il lui fit de ces vaines promesses, de celles qui ne verraient pas l'aube. Il lui dit qu'il changerait, qu'il ne voulait pas la perdre, que sans elle il n'était rien. Il occupait tout l'espace, faisant de grands gestes et les cent pas dans l'appartement. Ses mots, elle les connaissait par cœur, il les avait toujours utilisés pour justifier ses maux. On le sentait presque sincère. Mais désormais, elle savait lire les lignes de son visage, la mise en scène était éculée depuis longtemps. Elle resta stoïque devant son monologue. Plus ses phrases s'étiraient, plus sa résolution grandissait, comme une vague emportant tout sur son passage, faisant céder les derniers verrous que la peur avait déposés là pendant des années. Lentement, pendant qu'il continuait sa litanie, elle leva son bras et tendit l'index vers le coin de la pièce. Là étaient déposés deux petits sacs. Elle n'avait besoin de rien de plus, quelques affaires, quelques photos d'avant, des photos du temps où le bonheur lui tendait les bras. Elle laissait tout ici, le reste avait été souillé du sceau du malheur. Au début, il ne la remarqua pas, trop absorbé à écouter ses propres phrases, et puis, il finit par la voir elle, et les voir eux. Pour la première fois depuis son entrée, il se tut.
— Je m'en vais, murmura-t-elle.
— Qu'est-ce que tu as dit ? blêmit-il.
— Je m'en vais, assena-t-elle, en le défiant du regard.
Son visage se décomposa. Elle vit le masque de faux semblants se craqueler et elle le reconnut tel qu'il était. Sa

bouche se tordit dans un mauvais rictus et le rouge lui monta au visage.

C'en était fini des belles phrases, sa colère emporta tout. Les reproches d'abord, les insultes ensuite, jusqu'à la nausée. Mais elle ne se laisserait pas faire, pas cette fois. Le ton monta, de plus en plus fort, dans une grande escalade sans retour. Ils se noyèrent sous les mots, et quand ils en furent à court, il choisit de laisser ses mains lui donner la réplique.

En deux enjambées, il cassa l'espace entre eux et se rua sur elle. Il la saisit par le cou et la plaqua contre le mur. Alors qu'il resserrait sa prise, il imprima dans son corps qu'elle ne sortirait de là que de deux manières possibles, avec lui ou sans vie.

Ses yeux se brouillèrent de larmes, entourant les lumières de la pièce d'un halo. Derrière lui, elle devinait à travers la fenêtre les rideaux des voisins se fermer les uns après les autres. Après tout, de leurs balcons, ils avaient souvent été aux premières loges pour le voir la rouer de mots et la saouler de coups. Ils n'avaient rien fait hier, ils ne feraient rien de plus aujourd'hui. Les lumières s'éteignirent les unes après les autres, l'espoir avec elles. Sur sa peau et sous ses coups, le vert se teinta de bleu. Pour se défaire de son étreinte, elle se débattit, elle le griffa, elle se défendit comme elle put, rien n'y fit. Dans un dernier élan pour se dégager, elle lui mordit la joue ; sur sa langue, un goût de métal se mêla à celui de la peur. En hurlant de rage, il la prit à bras le corps et la jeta à l'autre bout de la pièce.

Elle s'envola dans les airs, comme mue par d'invisibles fils.

Dans sa chute, elle emporta avec elle ses dernières illusions, ses rêves d'azur et d'ailleurs. Elle emporta la vie qui lui tendait les bras. En voulant se raccrocher à quelque chose, elle agrippa le velours rouge des rideaux qui céda sous son poids.

Le silence se fit. Drapée dans l'étoffe, elle gisait sur les planches. Pour elle, le rideau s'était définitivement baissé.

Pandore
Emilie Tartaroli

Ma capsule autonome file doucement au-dessus du paysage. Prostrée sur mon siège, je regarde le soleil qui se couche et je voudrais pouvoir ne jamais redescendre au sol. Ici, plus rien ne peut m'atteindre. Je me suis arrachée à la détestation qui imprègne désormais la totalité du pays à mon encontre. Mais qui ne l'a pas méritée plus que moi ?

Quatre jours se sont écoulés depuis la catastrophe et j'ai l'impression de ne plus vivre qu'à moitié. J'aurais largement préféré être sur place et mourir plutôt qu'à avoir à affronter les conséquences de ma trop grande assurance, de mon orgueil et de ma certitude de pouvoir maîtriser l'énergie des étoiles pour le plus grand bien de l'humanité. S'il y a un dieu quelque part, il doit bien ricaner.

Le projet Solis consistait à créer une étoile artificielle dont l'énergie, contenue par un énorme champ magnétique, allait permettre de sauver notre monde du naufrage énergétique dans lequel il se trouve depuis qu'il n'y a plus de pétrole. Pas de rejets polluants, très peu de radioactivité, une énergie gigantesque et inépuisable... Sur le papier, c'était parfait. C'était *faisable* ! Un premier projet de réacteur existait déjà au vingt-et-un siècle mais la Troisième Guerre mondiale et son coût exorbitant avaient mis fin au financement du projet qui était plus ou moins tombé dans l'oubli.

Je l'ai relancé, il y a vingt ans, et je me suis battue bec et ongles pour sa réalisation. On avait bien progressé en deux-cents ans et, d'un autre côté, ni les énergies renouvelables ni les centrales nucléaires ne suffisaient plus à compenser les besoins en énergie de douze milliards d'humains grouillant sur une planète sérieusement malade.

Nous étions au pied du mur et j'ai eu gain de cause. Nous avons construit le tokamak, toute la centrale et fait de multiples tests réussis. Un immense espoir était né.

Je ne sais pas ce qui s'est passé. J'étais à des centaines de kilomètres de là pour une conférence et je supervisais les choses à distance. Je crois que le champ magnétique censé contenir l'énergie de la fusion était défaillant. Tout a explosé. Plus rien dans un rayon de cent kilomètres. Les dernières estimations font état de 115 000 morts. Et ce n'est pas fini.

Mon nom n'a pas tardé à circuler dans tous les médias. Je suis la seule survivante du projet, la directrice et la responsable. Tout est de ma faute. Pour mes opposants désormais, c'est la curée.
Je ne peux plus aller nulle part sans que l'on me crache à la figure.

Je ne sais plus quoi faire. J'ai le cerveau vide et le corps épuisé par les larmes et l'absence de sommeil. J'ai vieilli de dix ans en quatre jours.

Sur l'une des parois de la capsule, la télévision est

allumée en sourdine. Ils passent une enquête sur Edmund Hawkings, le premier scientifique à être parvenu à prouver que les trous de ver pouvaient permettre de voyager dans le temps en y envoyant un petit vaisseau-robot doté d'une caméra. Ce dernier était remonté deux-cents ans en arrière et nous avait envoyé par ondes radio-temporelles les images d'un monde ancien : des voitures à essence, des forêts à la place des déserts, des gens habillés en jean et un ciel encore bleu. On n'avait pas encore injecté du soufre jaune dans la stratosphère pour essayer de lutter contre le réchauffement climatique.

C'était il y a quinze ans et Hawkings travaille à présent à rendre possible un voyage habité. Je me demande bien qui serait assez fou pour monter dans le vaisseau et se lancer dans un voyage sans retour et probablement mortel. Moi peut-être… Je donnerais n'importe quoi pour remonter le temps et je n'ai réellement plus rien à perdre.

« Mademoiselle Amel ? Nous sommes presque arrivés. »
Le pilote automatique est bien le seul à encore me parler poliment ces derniers jours…

Comme il n'est plus question pour moi de vivre dans mon logement habituel, pris d'assaut par une foule haineuse, je me suis résolue à aller me réfugier dans un lieu où je n'ai plus mis les pieds depuis six ans. La maison de mon enfance. La maison de Pandore.

Cinq minutes plus tard, je me pose et je me retrouve dans

ce rectangle blanc à un étage, assez isolé du reste des habitations, en bordure d'une forêt artificielle. Pandore aimait sa tranquillité.

Je gravis les marches du perron et pose ma main sur le panneau de contrôle pour activer la reconnaissance biométrique.

« *Sois la bienvenue Amel !* »

L'ordinateur central a toujours la voix de Pandore. Premier coup au cœur.

À mon entrée, la maison semble se réveiller. Ça sent fort le renfermé mais tous les volets s'ouvrent immédiatement, laissant entrer l'air et la lumière.

La maison est triste et pleine de poussière. Je l'ai laissée à l'abandon n'ayant ni le courage ni le temps de venir m'en occuper. Alors tout est encore là, intact depuis tout ce temps.

C'est dur... Pandore m'avait adoptée. J'ai perdu mes parents à l'âge de cinq ans, je me souviens à peine d'eux et cette cousine inconnue est arrivée pour s'occuper de moi. Pandore... Quel nom étrange ! J'ai appris un jour, au collège, quel était le mythe derrière ce prénom. À quoi pensaient donc ses parents pour l'avoir nommée ainsi ? Pandore... Celle par qui le malheur arrive.

Elle est décédée d'une de ces cochonneries de virus ancien qui s'échappe de temps à autre de ce qui reste du permafrost. La pandémie a fait quatre-vingts millions de morts dans le monde. Je n'étais pas là. Nous étions en froid depuis qu'elle avait voulu s'opposer à mon intégration au projet Solis. Ça l'avait bouleversée et mise en colère, je n'ai jamais compris pourquoi. Des semaines durant, elle avait tenté de m'orienter vers autre chose, en me disant que cette étoile artificielle allait provoquer un grand malheur. J'avais fini par le prendre comme une insulte personnelle et un manque de confiance de sa part. J'étais certaine que l'on pouvait réaliser ce projet dans des conditions de sûreté optimales. Je lui avais dit qu'elle n'y connaissait rien parce qu'elle n'était que secrétaire au centre de recherches et qu'elle ferait mieux de m'écouter.

Oui… C'était très méprisant de ma part et je m'en veux toujours aujourd'hui. Après une énième dispute, je me suis fâchée pour de bon et j'ai quitté la maison. Je suis allée m'installer en ville. Je ne l'ai jamais revue puis la pandémie a frappé.

Je me suis rendue aux obsèques, torturée par un remords qui ne s'est jamais éteint. Elle avait entièrement raison. Qu'aurait-elle dit en voyant mon criminel échec ? Je crois que je n'aurais jamais pu affronter son regard.

Dans le couloir qui relie la cuisine au salon, je regarde les photos mobiles accrochées au mur. Pandore me sourit, agite la main et parfois je suis là aussi. Notre étonnante ressemblance a toujours surpris les gens. Pandore lissait ses cheveux frisés et se teignait même parfois en blonde, mais on se ressemblait quand même comme mère et fille !

J'ai envie de pleurer. Je croyais pourtant avoir épuisé toute ma réserve de larmes. La nuit va tomber et une sourde angoisse me serre le ventre. Je ne sais pas quoi faire et je ne me sens pas capable de dormir toute seule ici… La présence de Pandore est encore très forte. Je n'aurais certainement pas le courage d'entrer dans sa chambre.

En revanche, je monte à l'étage pour gagner la mienne. Je m'en doutais : Pandore n'avait touché à rien. Je retrouve mes livres, mon lit et même Pollux, mon chien robot, dernier vestige rescapé d'une envie de bazarder mes jouets d'enfant qui m'avait saisie à l'âge de quinze ans. Je prends Pollux dans mes mains : on dirait un chien empaillé à présent qu'il ne bouge plus. Il agissait comme un véritable fox-terrier quand il s'animait. Je vais peut-être le faire réparer.

Soudain, j'aperçois sur mon bureau, un épais carnet bleu marine avec mon nom écrit dessus. C'est bizarre... Ce carnet ne me dit absolument rien. Je suis certaine qu'il n'est pas à moi. On dirait que quelqu'un l'a posé là, bien au milieu du bureau pour que je le trouve.

Tout à coup, un souvenir surgit comme une grosse claque et mon cœur s'emballe. Quelle imbécile ! Comment ai-je pu oublier ça ?!

Je me revois aux obsèques avec Oden, un ami très proche de Pandore, qui me serre dans ses bras. Il est aussi triste que moi. Il venait souvent à la maison au point que je me suis toujours demandé s'il n'y avait pas quelque chose entre eux. Il me chuchote à l'oreille :

— Tu iras voir dans ta chambre. Elle t'a laissé quelque chose d'extrêmement important.

C'est entré par une oreille et ressorti par l'autre... J'étais trop déprimée, trop distraite par toutes les condoléances que je recevais et ensuite, je me suis dépêchée de rentrer chez moi et de plonger tête la première dans le travail pour oublier ma douloureuse culpabilité. Et ce n'est que maintenant que je me souviens de cette phrase ?!

J'ai perdu six ans ! Je me précipite sur le carnet. Je suis certaine que Pandore m'a laissé des informations et des souvenirs de famille. J'ai si peu de photos de mes parents… Je voudrais aussi savoir si elle m'avait pardonné…

En feuilletant fébrilement les pages, je m'aperçois tout de suite que ce carnet n'a rien de familial. Il est rempli de schémas, de formules mathématiques et de remarques qui concernent toutes le projet Solis.

Je n'y comprends rien. J'aurais pu l'écrire moi-même ! Comment Pandore a-t-elle pu le faire alors qu'elle n'était pas une scientifique ?

J'ai beau vérifier, je suis obligée de reconnaître que c'est bien son écriture ! Elle ressemble à la mienne : des pattes de mouches difficiles à déchiffrer pour tout le monde… sauf moi !

Je suis autant stupéfaite que déçue. Ce n'est pas ce que j'aurais aimé trouver. Je voudrais ne plus jamais entendre parler de Solis. Je voudrais qu'il n'ait jamais existé.

M'asseyant sur mon lit, je vais à la première page et mon cœur fait un bond quand je vois qu'il commence par une lettre écrite par Pandore à mon intention, pliée en deux et agrafée à la première page. Je suis frappée par la date : deux jours avant sa mort.

« Ma chérie, je sens déjà les premiers symptômes de la maladie et j'ai peur de ne pas en réchapper. Je vais

demander à Oden de te prévenir au sujet de ce manuscrit. Il est capital que tu le lises même s'il contient des vérités que j'aurais préféré ne jamais avoir à te révéler. Mais on ne se parle plus, tu t'es lancée sur un chemin funeste et je n'ai plus d'autre choix. C'est ma dernière chance de rattraper l'erreur criminelle que j'ai commise. »

Qu'est-ce que tu as fait ?
Là, je commence à m'inquiéter sérieusement. Je vais sûrement apprendre pourquoi elle ne voulait pas que je travaille sur Solis et je sens que je vais détester ce que je vais lire.

« Tu trouveras dans ces pages le compte-rendu des recherches que j'ai menées pendant de longues années et surtout, la raison pour laquelle tout a si mal tourné. Les suggestions que je te laisse t'aideront, je l'espère, à ne pas reproduire les mêmes erreurs une seconde fois.

Tu dois te demander de quelle catastrophe je parle. L'étoile artificielle nous a échappé. J'ai fait une erreur de calcul et le champ magnétique censé contenir la fusion n'était pas assez puissant. Tout a explosé. Plus rien dans un rayon de cent kilomètres, des centaines de milliers de morts et une radioactivité qui s'est répandue dans tout le pays et au-delà. »

J'ai besoin d'air…
Je jette le carnet sur mon lit et ouvre la fenêtre. Le vertige qui me saisit est épouvantable.

Je ne comprends pas. *Comment* Pandore a-t-elle pu m'écrire ceci il y a six ans alors que rien ne s'était encore produit ?! De quelles recherches parle-t-elle alors que ce n'était pas son travail ?
Ce n'est pas possible, je suis en plein cauchemar !

D'un geste désespéré, je m'empare à nouveau du carnet et je continue à lire en espérant trouver quelque chose qui donnera un sens rassurant à tout cela. Ma réalité est déjà bien assez horrible !

« J'ai survécu parce que j'étais loin à ce moment-là et que je dirigeais mon équipe à distance. Je n'ai pas pu supporter de me savoir responsable de ça. J'étais la directrice de cette expérience. Il n'a pas fallu longtemps pour que la vindicte populaire ne s'abatte sur moi. J'ai failli mettre fin à mes jours. C'est alors que j'ai appris que l'on recherchait un volontaire pour le premier voyage habité vers le passé, à travers un trou de ver situé entre Jupiter et Saturne. Un pari fou, sans retour et certainement fatal, offert à qui n'avait rien à perdre. Comme moi. J'ai postulé. Je leur ai dit que je désirais retourner en arrière pour essayer de rattraper mes fautes. Ils ont accepté, car, bien sûr, les candidats ne se bousculaient pas et moi, j'étais devenue l'ennemie publique numéro un. Après des années de préparation et de formation dans le plus total secret avec Edmund Hawkings, je suis montée dans un vaisseau spatial, avec un pilote aussi désespéré que moi après avoir perdu toute sa famille dans l'explosion. Nous sommes partis dans l'espace et après un trajet de plusieurs mois que nous avons

passé en sommeil artificiel tandis que le vaisseau était autonome, nous avons traversé le passage équipé d'une balise spatio-temporelle. Si elle a fonctionné, ils ont au moins dû savoir que le vaisseau était arrivé à bon port. Je suis donc remontée vingt-sept ans en arrière, en 2223 et je me suis rebaptisée Pandore. »

La tête me tourne… Pandore serait arrivée du futur ? Hawkings a donc réussi ?
D'après Pandore, le drame allait se produire en 2250. C'est bien cette année. Et je me rends compte aussi que c'est en 2223 que je l'ai connue.
J'interromps ma lecture pour scruter d'un œil plus attentif les notes scientifiques qu'elle a laissées. Tout est très cohérent. Elle a même dessiné des éléments du réacteur qui n'existaient pas encore il y a six ans. C'est le travail d'une scientifique de haut vol et non pas celui d'une simple secrétaire.
Cela fait un moment que mes larmes coulent et je suis incapable de mettre un mot sur ce que je ressens. C'est simplement insupportable. Si tout est vrai, beaucoup de choses s'expliquent, à commencer par la raison de notre rupture. Oh Pandore… Tu avais voulu m'avertir… Si je n'avais pas stupidement oublié de venir chercher ce manuscrit, j'aurais pu tout éviter !
Je me lève d'un bond et je cours aux toilettes, sans lâcher le carnet, pour y vomir le peu de nourriture que je parviens à avaler depuis quatre jours. J'ai l'impression que la culpabilité va me tuer et ce serait un tel soulagement… Je

repense encore et encore à cette phrase d'Oden aux obsèques, si vite évincée de mon esprit. Un oubli qui a condamné des centaines de milliers de gens.

Toutes ces notes ne servent désormais plus à rien, il est trop tard. Mais je n'ai pas fini la lettre de Pandore. C'est comme un désir morbide de boire le calice jusqu'à la lie. Je ne me lève même pas du sol des toilettes pour poursuivre.

« Je suis arrivée vivante en 2223 et je me suis mise à la recherche d'une enfant de cinq ans qui allait perdre ses parents. Tu n'imagines pas ce que ça m'a coûté de ne pas remonter plus loin pour empêcher ce drame. Mais les paramètres aléatoires étaient trop importants si tu grandissais avec eux. Je devais rester focalisée sur ma mission et ma meilleure chance était de me charger moi-même de ton éducation. »

Elle comptait sur moi pour réparer ce qu'elle avait fait ?

« Je me suis fait passer pour ta cousine. Notre air de famille et ma parfaite connaissance de la famille m'ont beaucoup aidée. On t'a donc confiée à moi et j'allais t'empêcher de te lancer sur la voie de la catastrophe. Je ne voulais pas seulement empêcher l'explosion. Je voulais éradiquer l'existence même de ce projet trop dangereux. Tu n'allais jamais devenir Pandore. »

Mes mains tremblent… La nausée est terrible…

« *Car Pandore autrefois s'appelait Amel. Tu es ce que j'étais et je suis ce que tu ne dois jamais être. Je n'ai pas pu empêcher l'idée du projet Solis, ni même éviter que tu ne t'y intéresses. On dirait que certaines choses se reproduisent malgré toutes les tentatives pour les changer. Qui sait ? Le voyage temporel n'en est qu'à ses débuts. Ce carnet est tout ce qu'il me reste pour essayer de changer le destin. Je te supplie de suivre les conseils qu'il contient pour que l'explosion ne se produise pas. Un autre futur se mettra en place. Si tu doutes encore, demande à Oden. Le pilote du vaisseau, c'était lui. Il l'a dissimulé sur son terrain.*

J'aurais bien d'autres choses à te dire, mais ma main et mes yeux se fatiguent... Peut-être que je pourrai continuer demain. Sinon, adieu Amel... »

The Agnostic
Gonzague Yernaux

Dans une bourgade de France vivait un homme impressionnant nommé Justin Lardoisière. Nous disons « impressionnant » en regard de ses performances : Justin travaillait chaque jour de six à vingt heures sans arrêt — quand il n'y avait pas d'urgence en soirée ou de nuit. C'est cela, être le seul médecin de la région : des horaires exigeants qui laissent peu de place à autre chose qu'à l'exercice de sa profession. Lardoisière était un tel bourreau de travail qu'il était devenu connu dans les environs pour ne prendre qu'un jour, un seul, de congé par an. Nous verrons par la suite qu'impressionnant, il le serait à plus d'un aspect.
Comment se peut-il, songez-vous sans doute, qu'il eût des horaires si remplis quand son rayon d'exercice était purement campagnard ? La réponse est simple : quelques hameaux environnants peuvent s'additionner pour donner l'équivalent d'un village ; et la somme des villages ainsi obtenus correspond, en nombre d'habitants, à une ville d'un certain gabarit. En deux mots : les patients ne manquaient pas.
Il faut préciser que notre médecin était seul responsable de son agenda, et qu'il n'y avait que lui qui eût pu l'inonder à ce point. Mais enfin, il n'était pas du genre à décliner

lorsqu'on lui réclamait poliment un rendez-vous ; or les villageoises et villageois du secteur se montraient toujours d'une courtoisie désarmante.

Mais comment se fait-il, vous demandez-vous, qu'un généraliste desserve à lui tout seul une si vaste étendue ? Laissez-moi une fois de plus vous éclairer ; mais après, arrêtez avec vos questions. Il se trouve qu'aucun autre docteur ne résidait dans les parages, et que l'absolu monopole qu'exerçait Lardoisière n'éveillait guère l'appétit de la concurrence. D'autres détails, qui alourdiraient inutilement ce récit si je les énumérais, permettraient encore d'expliquer cette situation étonnante. Figurez-vous simplement qu'une série de circonstances, emboîtées harmonieusement les unes dans les autres, avait mené à la constitution de cet empire.

Passionné par son travail, Justin avait ouvert son cabinet au rez-de-chaussée de sa maison. Bien des jours passaient sans que le praticien n'en vît la lumière. Il auscultait ses ouailles avec assiduité et ses diagnostics étaient reçus comme parole d'évangile. Il faut dire qu'il se trompait peu, ses connaissances médicales et sa capacité à se tenir à jour étant substantielles. Cela s'expliquait en partie par ses soirées, qu'il occupait habituellement par des lectures de telle revue ou tel compte-rendu médical. Il sélectionnait toujours — c'était important pour lui — des articles écrits en anglais, de façon à parfaire sa maîtrise du jargon international. Autant qu'un généraliste puisse l'être, Lardoisière était à la pointe de son domaine.

À tous ces aspects, je vous l'ai dit, Justin était réellement impressionnant ; non qu'il faille l'envier ou valider le moindre de ses choix, mais force est de lui accorder le respect qu'induit son investissement considérable.

Toutefois, et comme effet de toute entreprise en laquelle on se donne corps et âme, il arrivait que le généraliste ressente un manque. Quelque chose d'excitant, d'un peu folichon, ou simplement une activité sortant des sentiers battus, manquait cruellement à sa vie rangée. Or il n'avait ni le courage ni la force, en fin de ses longues journées, et en sus des courses ménagères qu'il casait déjà difficilement dans son calendrier surchargé, de sortir, de participer à des rencontres quelconques ou de pratiquer le moindre sport — ce dont il prescrivait paradoxalement la pratique hebdomadaire à bon nombre de patients.

Il essaya l'alcool. Mais à part l'endormir, les verres qu'il prit lors de ses soirées solitaires n'eurent absolument aucun effet. De plus, il n'appréciait qu'à moitié que la caissière du supermarché, une patiente évidemment, le vît présenter un chariot plein de bière et de vin.

Il se mit à fumer des cigarettes, des cigarillos et des cigares. Mais aucun de ces cylindres, quel qu'en fût le diamètre, ne lui donna satisfaction.

Un jour, une jeune femme vint à son cabinet avec des symptômes grippaux relativement communs. La seule chose sortant de l'ordinaire était sa toux, qui rejetait parfois un peu de sang coagulé. Justin reçut cette patiente comme à son habitude et conclut, après un examen rigoureux, qu'elle était accablée d'un mal fréquent que l'on appelle rhino-

laryngite. Certainement, ce terme est familier au lecteur ; nous sommes tous sujets en hiver à l'un ou l'autre de ces rhumes améliorés.
Seulement, il y avait la question de la toux. Sur le coup, Lardoisière oublia d'y prêter attention, et son verdict fut rendu sans qu'elle ne fût intégrée dans son raisonnement. L'examen n'avait, après tout, pas été si rigoureux que cela.
Quelques heures plus tard, alors qu'il passait en revue les patients du jour dans son effort quotidien de comptabilité, Justin se souvint de cette personne à laquelle il avait décerné un diagnostic erroné. Il réalisa promptement son erreur. Quelle négligence ! Comment avait-il pu faire pareille faute ? Elle avait bien pire qu'une bête inflammation de la gorge !
C'est alors que vint le frisson.
Bien sûr, le téléphone était à portée de main, et il n'aurait fallu qu'une minute ou deux pour communiquer à la pauvre femme qu'elle devait se rendre au plus tôt à l'hôpital. Mais ce frisson...
Oui, Justin ressentait une émotion nouvelle. De petits tressaillements agitaient son corps, et son esprit se trouvait particulièrement exalté par ce sentiment de danger. Comme un voleur compulsif effectue ses larcins dans le but, entre autres, de ressentir une vague d'excitation tout au long de l'échine, le médecin était parcouru de frémissements enivrants à la simple idée que ses conclusions fussent fausses et constituassent par là même un danger pour sa patiente — et, indirectement, pour Lardoisière lui-même.

Boh, se dit-il avec un humour déplacé, *cela fait maintenant plusieurs heures ; il y a prescription.*

Son traitement, au contraire, avait manqué d'une prescription de la plus haute importance. Mais enfin, le docteur Lardoisière dormit dessus (quoique, fébrile, il rencontrât des difficultés à trouver le sommeil) et s'éveilla le lendemain avec une motivation nouvelle.

Il commit des erreurs — intentionnelles, évidemment — ce jour-là. Il confondit la grippe et la COVID-19 ; il oublia de prodiguer des conseils à un patient souffrant d'apnées du sommeil ; en fin de journée, il prescrivit à un pauvre homme dont le foie était déjà fort abîmé un médicament qui supposait que l'organe soit comme neuf.

Le lendemain, il vit un patient quelque peu dépressif et lui prescrivit une quantité indécente d'antipsychotiques. Ensuite, il assura à une protégée de longue date que les tremblements auxquels elle était sujette n'avaient absolument rien d'inquiétant. Il envoya même quelqu'un dont la blessure était purement superficielle, et qu'un simple bandage aurait parfaitement pansé, au service de radiologie de l'hôpital le plus proche.

Petit à petit, il s'habituait à cette sensation grisante qui le prenait à la poitrine, à la gorge et dans le bas-ventre, chaque fois qu'il dispensait un faux diagnostic. Comme nous l'avons vu, certaines de ces omissions étaient sans impact profond, tandis que d'autres relevaient de la négligence dangereuse, paris parfois dramatiques sur l'espérance de vie de la patientèle. Au fil des jours, de plus en plus de fautes médicales furent ainsi commises.

Avec les années, Justin s'était constitué une base de patients très confiants en ses capacités. Certains lui vouaient un culte aveugle. Aussi ne remirent-ils pas son jugement en cause, quand bien même les conséquences de ses inexactitudes se faisaient progressivement sentir. Le patient dépressif, par exemple, revint complètement abruti par sa dose trop élevée de neuroleptiques. Il savait à peine aligner deux mots tant son esprit tournait au ralenti. Le docteur Lardoisière, après l'avoir écouté s'exprimer péniblement pendant trois quarts d'heure, lui fit une ordonnance d'antidépresseurs dont la posologie était inadéquatement élevée. Il justifia son acte par des arguments qui, bien que d'apparence logiques pour un profane, s'apparentaient à des crimes parjures d'un point de vue scientifique.

Voilà notre praticien accro à sa nouvelle approche. Au niveau déontologique, il avait jusque-là été un médecin absolument irréprochable. Qu'est-ce qui avait bien pu faire vriller cette personnalité habituellement si douce et bienveillante ? Sans doute s'était-il enfermé pendant des années derrière une façade occultant son vrai « moi ». Sans doute aussi avait-il oublié de se laisser vivre pour lui tellement il avait vécu pour ses fidèles. Toujours est-il que le nombre de faux diagnostics allait *crescendo* et que cela augmentait le rendement de son cabinet. De nombreux patients en effet voyaient leur maladie se poursuivre au-delà du raisonnable et revenaient en consultation. Ces temps-ci, l'agenda de Lardoisière se remplissait jusqu'à vingt-deux heures. Il avait à peine l'occasion de faire ses courses ; il se nourrissait à présent du frisson de l'addiction en lieu et place de féculents et de protéines.

Il maigrit donc dans son corps, mais aussi dans son esprit qui, à force, éprouvait bien des difficultés à distinguer le vrai du faux. Ainsi, il aurait pu vous assurer en toute honnêteté que vous étiez en pleine forme alors même que vous vous trouviez affligé d'une leucémie terminale. Il devint un fort mauvais médecin, et dangereux de surcroît, parce qu'incapable de reconnaître ses propres sornettes.

Quand il décida de prendre sa pension aux trois quarts de siècle, son manège ne bernait plus personne. Il était devenu un homme aigri, cruel et, en conséquence, de moins en moins apprécié. Sa patientèle, les dernières années, avait fondu comme neige au soleil. Les habitants des environs jugeaient préférable de consulter quelqu'un de plus droit, quitte à devoir parcourir des dizaines de kilomètres supplémentaires.

Justin gardait précieusement une copie du serment d'Hippocrate accrochée à un mur de son salon, dans un fauteuil duquel il lisait à présent des fictions abracadabrantes à longueur de journée. Il s'était en effet mis à apprécier les histoires rocambolesques ou, du moins, largement romancées — et toujours écrites dans la langue de Shakespeare. On se souvient que, jusqu'à sa découverte du « frisson », il n'avait jamais porté le moindre intérêt à autre chose qu'à des journaux médicaux et des autobiographies que le citoyen moyen aurait jugées fort barbantes. À présent, sa dépendance au mensonge se trouvait entretenue par la lecture de contes extravagants.

Mais il lui manquait tout de même, et de plus en plus, un ingrédient pour pleinement satisfaire son étrange faim de mensonge. Cet ingrédient, c'était la peur d'être démasqué, cette approche vertigineuse de la crainte pour sa vie.

Pendant les quelques mois qui suivirent son arrêt, Lardoisière vieillit mal, sans doute peu assisté par des années de laisser-aller alimentaire et physique. Lui qui, il fut un temps, se dédiait tout entier au souci du corps d'autrui, avait laissé le sien dégringoler les marches de la santé. Et cela n'allait pas s'améliorer de sitôt.

Justin se réveilla un beau jour avec une douleur à la hanche ; il n'y prêta pas attention. Il n'eut pas l'occasion d'y songer d'ailleurs, car ce même jour arriva dans sa boîte aux lettres une convocation de police le sommant de se présenter dans le courant de la semaine suivante au commissariat.

Les policiers lui annoncèrent qu'une enquête était ouverte, car une plainte, suivie de bien d'autres, avait été déposée contre sa personne. Ils utilisèrent une expression dans l'air du temps, « la parole s'est libérée », pour décrire la situation. Justin leur répondit qu'un gang organisé dans la région avait jeté son dévolu sur lui et sa fortune. Il alla jusqu'à affirmer que plusieurs de ses anciens patients étaient en réalité des têtes pensantes d'organisations variées, y compris des sectes, et qu'ils jalousaient certainement les informations qu'il avait, lui, par l'exercice à son cabinet, glanées sur bon nombre de villageois.

L'enquête suivit son cours et, presque une année plus tard, il fut décidé que le docteur Lardoisière échapperait à toute condamnation. Oh, personne ne crut à ses mensonges fantaisistes, non, il était bel et bien reconnu coupable, mais sa situation physique s'était fort dégradée jusqu'alors, au point d'inspirer pitié et clémence jusqu'à l'absolution juridique.

En effet, Justin avait passé ces longs mois tapi chez lui, à perdre petit à petit les éléments de son fonctionnement physiologique. Il boitait violemment à cause de sa hanche en mauvais état. Il perdit l'ouïe et même une partie de la vue. S'il avait consulté un confrère spécialisé, il serait apparu sans équivoque que Justin était attaqué de l'intérieur par trois ou quatre cancers différents. Ses cheveux devinrent blancs en moins de temps qu'il ne faut pour le dire, et il se déplaçait courbé comme une serpe.

Chaque fois que la police le recevait, elle s'étonnait de ce qu'il puisse décliner autant en si peu de temps. Son état se dégrada à ce point que lors de sa dernière audition, les représentants des forces de l'ordre n'eurent pas le cœur de lui dire autre chose qu'« au revoir, vous êtes libre ». Ils pensaient : « si tu survis à cette nuit, je suis le pape en porte-jarretelle ».

Ce qui est impressionnant (je vous avais prévenus), et le *dresscode* des services de police s'en souviendrait, c'est que Justin Lardoisière vécut encore vingt bonnes années.

Ceux qui le croisaient dans la rue pensaient rencontrer la star d'un film de zombies. Certains crurent à un mauvais présage : rencontrer un mort-vivant n'est synonyme de chance que dans bien peu de cultes.

Sans le savoir, Justin fit le tour du *Web* ; on l'appelait l'Invincible, l'Éternel ou simplement Jésus. Bon nombre d'internautes étaient persuadés que l'histoire de ce vieillard croulant relevait de la mésinformation tant Justin ressemblait à un montage photo de mauvais goût.

Son « truc » pour survivre là où n'importe qui serait déjà dans la tombe résidait dans son fameux frisson. Chaque jour, quand un muscle lui hurlait sa douleur, il disait simplement :

— Cher Monsieur, j'ai fait le tour de la question. Vous n'avez rien de rien. Vous êtes en pleine forme. Voilà mon diagnostic.

Et quand ses oreilles se plaignaient de ne point entendre la musique, il leur déclarait :

— Vous n'entendez rien parce qu'il n'y a rien à entendre, voilà tout. Ce village est très calme, et cette chaîne hi-fi est cassée. Oh non, je ne dois pas vous envoyer chez l'ORL, vous fonctionnez à merveille ! Voilà mon diagnostic.

Après une telle consultation, le docteur Lardoisière profitait des sensations grisantes qu'il avait tant recherchées par le passé : ah, comme il avait entourloupé ce bête patient ! Comme il se sentait vivre !

Une autre part de Justin jouait le sujet de l'auscultation. Cette personnalité-ci se sentait diablement rassurée par l'avis de son thérapeute.

Étrangement, ces deux demi-personnes, colocataires d'un même esprit, ne semblaient pas interagir. Par conséquent, le vieux fossile était persuadé d'être en excellente santé. Les lois de la psychosomatique firent le reste, qu'on le veuille ou non.

Un jour, toujours certain de sa pleine forme, il eut ras-le-bol de ne trop rien faire d'intéressant de ses journées. Il sortit dans la rue et, à chaque personne qu'il croisait, il lançait :

— Vous êtes en train de faire un infarctus. Voilà mon diagnostic !

Ou encore, avec humour :

— Cinq *Dafalgan* le matin et quatre le soir, vous serez comme neuf. Voilà mon diagnostic !

Peu habitué à ce genre de balades, il se retrouva dans un quartier qu'il ne connaissait pas. Il entra dans un magasin de prêt-à-porter — le seul à des kilomètres à la ronde. Alors qu'il distribuait des diagnostics hasardeux à brûle-pourpoint, il arriva devant un grand miroir d'essayage.

Il nous faut ici préciser que Justin Lardoisière ne possédait aucune vitre réfléchissante chez lui, et qu'il n'avait plus vu son reflet depuis la vingtaine d'années qu'il avait passée à ne pas mourir.

Ce qu'il vit ne lui plut pas, ou bien il alla trop vite en besogne, en tout cas il tira une conclusion des plus cruelles :

— Vous ne le savez pas encore, Monsieur le tas d'os, mais vous êtes mort. Voilà mon diagnostic !

Il réalisa dans la seconde qui suivit cette déclaration qu'il s'agissait de son propre reflet. Il ne lui en fallut pas plus. Le diagnostic était posé.

Le docteur Lardoisière tomba sur-le-champ. Il fut enterré quelque part.

Parmi les vers nécrophages, l'existence d'un corps sans un gramme de chair n'a pas encore été prouvée. Le débat fait rage. D'un côté, il y a les lombrics qui croient en ce squelette unique. De l'autre, les sceptiques, qui demandent à voir.

Retour de Flamme
Brice Gautier

Pour la neuvième fois, j'ai commémoré la disparition de Philippe. Le jour anniversaire de son accident de voiture j'ai pris un jour de congé, passé la matinée au cimetière pour faire un peu de ménage sur sa tombe et discuter un peu avec lui, pas beaucoup, car je me réserve toujours pour le repas du soir, puis je suis rentrée faire la cuisine. J'ai préparé les petits plats qu'il aimait, dressé la table avec soin, débouché une bonne bouteille choisie au hasard chez un caviste — c'est lui qui choisissait toujours le vin — puis je me suis maquillée — pas trop, car il n'aimait pas ça — pomponnée, habillée de la robe qu'il adorait et enfin installée à la table du salon, son assiette vide en face de moi. Comme tous les ans depuis qu'il est parti, je lui ai raconté l'année écoulée, comment Zoé avait choisi de partir de la maison à son tour pour tenter le concours de médecine à Lyon, comment Cécile avait réussi à rentrer à Sciences Po à Aix-en-Provence… Je lui ai répété pour la neuvième fois qu'il pouvait être fier de ses filles, avec dans la voix un peu du chagrin de me retrouver seule après toutes ces années dans cette maison froide de la banlieue de Lyon.
Tous les ans depuis sa mort je dois me faire violence pour recommencer la cérémonie, mais cela en vaut la peine. Quand je lui parle de ses filles, il me semble que son

sourire, figé à perpétuité sur les photos du salon, s'agrandit imperceptiblement. Je lui parle un peu de moi, aussi. Que j'ai décidé cette année de chanter dans une chorale classique et que cela me fait un bien fou. Que je rencontre des gens avec qui je me sens à l'aise. Que pour l'occasion j'ai sorti mon violon du placard et recommencé timidement à jouer. Je lui ai glissé que je comptais bien redevenir la musicienne que j'étais avant notre mariage, peut-être donner des cours à nouveau si mes doigts veulent bien retrouver leur agilité. Je lui ai dit aussi que je me sentais très seule maintenant, plus encore que les premiers temps, quand j'avais les filles à élever seule.
Mais je ne lui ai pas parlé d'Alexandre.
Je ne suis pas certaine qu'il m'écoute. Cette année, son silence m'a semblé encore plus opaque que les années précédentes, alors quand le dîner fut terminé, les chandelles consumées et la bouteille de vin vidée, j'ai décidé que je ne pouvais plus continuer de cette façon.
Il me faut avouer ici que je suis croyante. Je suis l'incarnation d'un certain cliché, le produit d'une famille aisée conservatrice, chrétienne depuis les premiers martyrs romains. Je dis ça simplement pour expliquer le fait que le lendemain matin, la tête un peu à l'envers à cause du vin, je suis allée directement à l'église pour y trouver la motivation d'aller de l'avant. Je me suis assise à ma place habituelle, au plus près de la statue de Jésus installée tout au bout de la nef, un drôle de Jésus famélique en bois noir brillant comme on trouve parfois dans les églises catalanes et dont la silhouette décharnée semble s'épuiser à garder l'entrée de

l'autel. On était lundi matin, l'endroit était désert, je pouvais donc parler à mon aise. Je braquai mon regard sur la statue. Le petit bonhomme noir semblait me regarder avec un air discrètement narquois, comme s'il s'attendait à ce que j'allais lui dire. J'ai respiré à fond et je me suis lancée.

— Ça ne peut plus durer ! attaquai-je en pensée.

Levant imperceptiblement un sourcil d'ébène, Jésus attendait la suite.

— Je ne veux plus vivre seule de cette façon, tu comprends ? Les filles sont parties, mon mari est mort depuis neuf ans, il faut que ça cesse !

Jésus me lança un de ses regards indéchiffrables dont il a le secret. S'il avait pu, il aurait haussé les épaules pour bien appuyer le fait qu'il ne voyait pas ce qu'il pouvait faire.

— Je veux un homme à la maison ! lançai-je intérieurement dans un souffle.

Cette fois, Jésus me regarda droit dans les yeux, un éclair de surprise s'attardant dans ses pupilles noires fatiguées.

— Tu veux un homme, dis-tu ? En es-tu bien sûre ? sembla-t-il répliquer.

Je hochai la tête vigoureusement.

— Certaine ! lançai-je en moi-même.

L'éclair s'éteignit alors dans le regard de Jésus, qui retomba dans son mutisme épuisé de gardien d'autel, me laissant seule avec mon désarroi. Je secouai la tête une nouvelle fois, de résignation cette fois, puis je me levai, la tête basse, pour retourner chez moi.

En arrivant dans le lotissement, je vis immédiatement la voiture devant le portail. La Mercedes classe E noire. Celle avec laquelle mon mari s'était encastré sous un rail d'autoroute à cent-soixante-quinze kilomètres à l'heure.
Intacte.
Fébrile, j'entrai en courant dans la petite maison et le trouvai dans le fauteuil du salon, fouillant parmi les magazines laissés sur la table basse pour tenter d'y trouver « Le Figaro » que je n'achetais plus depuis qu'il n'était plus là. Mon homme ! À mon entrée il leva une tête au visage contrarié, m'aperçut, et sans me laisser le temps de retirer mon manteau, il me demanda où j'avais bien pu mettre son journal. Je restai interdite. Tout semblait comme avant, comme tous ces dimanches où j'allais seule à la messe tandis qu'il restait à la maison à lire les nouvelles ou à regarder la télévision.
Je ne me laissai pas démonter, et sans montrer ma consternation, je lui répondis tranquillement que j'avais dû le remiser par erreur, avant de descendre en trombe à la cave puis de foncer en voiture vers le bureau de tabac le plus proche pour lui acheter le journal du jour en moins de quatre minutes quinze secondes, tandis qu'il zappait tranquillement entre les chaînes de sport que Dieu sait pourquoi j'avais conservées dans le bouquet numérique. J'arrivai hors d'haleine, lui tendis le journal qu'il prit sans un mot, sans même s'apercevoir de ma présence, entièrement absorbé par le résumé de la douzième journée de championnat de Ligue Un. Tout en reprenant mon souffle, je fis quelques pas en arrière pour le contempler. Il

semblait avoir pris un peu de poids, quelques rides avaient essaimé au coin de ses yeux, ses cheveux avaient un peu blanchi, mais dans l'ensemble, il avait peu changé. Ses yeux bleus aimantés par l'écran avaient gardé l'éclat qui m'avait fait fondre, à l'époque. Et puis aussi sa mâchoire carrée, son visage carré, ses épaules carrées. Son esprit carré.

Debout dans l'entrée du salon, je luttais pour ne pas laisser exploser ma joie, hurler de bonheur, trépigner sur le plancher ciré, crier sur tous les toits que Jésus avait exhaussé ma prière, m'avait rendu mon homme presque à l'identique, en parfait état de fonctionnement — et le tout avec des délais de livraison exceptionnellement courts. Ce petit Jésus tout noir avait annulé purement et simplement l'accident qui avait pulvérisé mon mari, comme on lève une punition qui a assez duré. Visiblement, pour Philippe, il ne s'était jamais rien passé.

J'étais bien décidée à en profiter au maximum avant que quelqu'un en haut lieu ne changeât d'avis.

Et pour commencer, le toucher. Neuf ans que je n'avais pas mis les mains sur un homme. J'allai m'installer doucement à côté de lui dans le canapé du salon et entrepris de me blottir contre lui, de m'incruster dans ses bras comme un chat qui souhaite attirer l'attention sur le fait que sa gamelle est vide. Je passai subrepticement ma main dans l'échancrure de sa chemise, direction son torse velu. Fermant les yeux, je laissai mes doigts errer sur cette surface inégale, comme un gamin s'amuse à courir dans un pré aux herbes trop hautes pour sa petite taille. Un incendie ravageur commençait à s'allumer quelque part au bas de

mon ventre, après des années de sécheresse absolue. J'intensifiai mes caresses, aussi explicites maintenant qu'une fenêtre clignotante apparaissant sur la page d'accueil d'un site pornographique.
Mais rien.
Son regard ne dévia pas d'une seconde d'angle et resta verrouillé sur la mire de la télévision. Ma main retomba et je sortis du pré aux herbes hautes un peu penaude. J'avais oublié que pour lui, il n'y avait jamais eu d'accident, que tout était normal, habituel.
Et habituellement, c'est vrai, il me touchait peu.
Voire pas.
Pensive, j'allai préparer le repas, que j'avais prévu pour moi seule et que je devais à présent largement tripler en volume, ses habitudes alimentaires étant aux miennes ce qu'un bouvier bernois est à un chihuahua. Je passai le repas à le regarder, tandis que lui regardait son verre, la fenêtre derrière mon dos, ses ongles ou qu'il vérifiait la propreté de ses lunettes dont il avait eu besoin juste avant de mourir.
C'est lui qui brisa le silence en me demandant si j'avais pensé à mettre en place le virement automatique pour payer le loyer de Zoé. Je rougis de plaisir en pensant à toutes les fois où j'avais résumé l'année écoulée devant son assiette vide sans avoir la certitude qu'il m'écoutait. Aujourd'hui, j'avais la preuve qu'il n'en avait pas perdu une miette. Il commença à me parler du budget de Zoé, des démarches à effectuer, de l'installation de Cécile à Aix, de son nouveau petit ami, et nous passâmes un repas de vieux couple à

papoter des affaires courantes. Un moment curieusement intime dont je profitai au maximum.

À peine le repas terminé, il détala dans le jardin en me laissant la table à débarrasser. Il passa l'après-midi à pester contre les arbres que je n'avais pas taillés, la pelouse que je n'avais pas entretenue, les légumes que j'avais laissés à l'abandon, avant de passer sa colère en taillant, tondant, bêchant, ahanant, suant, cavalant dans toute la parcelle pour lui redonner l'aspect d'un jardin. Il rentra en fin d'après-midi, les mains et les ongles noirs, le visage exténué, mais content du petit garçon qui vient de passer l'après-midi à courir comme un dératé dans le village avec ses copains.

La soirée se passa tranquillement, moi brûlant de lui avouer à quel point il était improbable, lui me parlant de tout et de rien avec ce même air de penser à autre chose.

Je ne me rappelle plus s'il m'était arrivé une seule fois de l'attendre avant de me mettre au lit, lui qui avait l'habitude de regarder la télévision jusqu'à minuit. Qu'importe ! Cette fois, je l'attendis de pied ferme. À l'instant précis où il vint se coucher, ce qui était un incendie de brousse l'après-midi devint une centrale nucléaire au bas de mon ventre. J'envoyai ma main en éclaireur en direction du bas de son torse, avec un message clair lui enjoignant de remplir sa fonction de mari sans barguigner. À ma grande surprise, il réagit au quart, voire au huitième de tour. Je n'eus pas le temps de dire ouf qu'il était déjà sur moi, en moi, et avant même que je pusse prendre une première inspiration pour m'essayer à un premier gémissement, il était déjà parti, satisfait. Il n'y eut pas un baiser, pas une caresse, seulement

un assaut exécuté très professionnellement dans le même style que le jardinier déterrant à la fourche un plant de patates, suivi d'une vague d'humidité entre mes jambes et d'un repli impeccable de l'assaillant, dans l'ordre et la méthode jusqu'à sa position initiale.
L'instant d'après, il dormait profondément. En ronflant.
Voilà un incendie proprement éteint, ma fille, me dis-je. Un incident nucléaire évité. Dans ces conditions, le réacteur n'avait aucune chance de s'emballer. Je restai sur le dos un moment, de plus en plus pensive.

Est-ce que ma vie ressemblait réellement à cela quand il était vivant ?

Je ne dormis pas de la nuit. Vers cinq heures du matin, il se leva sans bruit, me croyant endormie. Il s'était toujours levé très tôt pour aller travailler à Feyzin, à l'Institut Français du Pétrole, où il mettait un point d'honneur à arriver avant ses subordonnés. Il s'habilla en silence, puis alla déjeuner dans la cuisine. J'écoutai, les yeux fermés. Le sifflement de la bouilloire, le raclement du couteau à pain, le tintement de la cuiller sur le bol de thé, le petit claquement de la porte d'entrée qui se ferme, le moteur de la Mercedes qui démarre, tous ces petits bruits que j'avais l'habitude d'entendre du fond de mon lit me parurent finalement plus intimes que ses caresses absentes.
Quand le silence fut revenu, je me levai à mon tour. La table de la cuisine était entièrement débarrassée. La voiture

partie, la cuisine propre, le lit désert, on aurait pu penser qu'il n'était jamais revenu.

Je déjeunai sans me presser, mon service d'infirmière ne commençant qu'à huit heures.

Je me gardai bien de raconter à mes collègues, qui constituaient également la quasi-totalité du contingent peu fourni de mes amies, que mon mari était revenu d'entre les morts la veille. Je remplis mon service du mieux que je pus, tout en luttant contre ma nuit blanche. Je ne peux pas dire que j'étais au sommet de mon attention. J'espère que je n'ai pas doublé la dose de quelque chose dans la perfusion de quelqu'un. Vers quinze heures, je me sentais saoulée par la fatigue et mes yeux se fermaient tout seuls.

C'est tout à la fin de mon service que cela se produisit. Je m'étais assise un petit moment dans la salle de garde en rêvant d'un café à la cocaïne et je me sentais glisser dans une torpeur typique de l'endormissement quand une ambulance déboula sirène hurlante sur le parvis du service des urgences avant de vomir deux infirmiers et un brancard dans lequel un homme semblait en piteux état. Par chance, l'interne se trouvait à moins de deux années-lumière de là et il prit le blessé en charge sur le champ. Je n'entendis que quelques bribes de la conversation entre les ambulanciers et le médecin, mais les mots « accident de voiture », « pneumothorax », « traumatisme crânien sévère » suffirent à me résumer la situation ainsi qu'à convoquer dans ma mémoire le souvenir encore douloureusement vivace de l'accident de mon mari. Je me levai d'un bond et, comme un papillon de nuit va joyeusement se cramer les ailes sur la flamme de la lampe à gaz, je m'approchai. Au fur et à mesure que la distance se réduisait, je ne pouvais pas ne pas reconnaître l'homme qui se trouvait dans ce brancard entre la vie et la mort. En l'identifiant, j'eus un haut-le-cœur et je faillis m'évanouir séance tenante.

C'était Alexandre.

Alexandre chante dans le chœur que j'ai rejoint cette année. Il n'est pas spécialement beau, ni jeune ni bien fait, ni même intelligent pour ce que je peux en juger, mais quand il me regarde, il se trouve que je me trouve belle, intelligente et bien faite. J'ai tout dit, là, non ? On comprendra que je n'allais pas en parler si facilement en présence de Philippe.

Tétanisée, je suivis des yeux le brancard que deux ambulanciers survoltés catapultaient au bloc dans un délire d'aboiements catégoriques. Je ne pus faire un geste avant qu'ils ne disparussent complètement de ma vue. Tout cela fut tellement rapide que quand je détournai enfin le regard, je doutais de ce que j'avais vu, à tel point que je ressentis le besoin urgent d'appeler Alexandre pour m'assurer qu'il allait bien et qu'il était tranquillement en train de corriger ses copies — Alexandre est professeur de français dans un lycée de Villeurbanne. Je sortis mon mobile de ma poche, mais me heurtai à un écran noir et inerte : batterie épuisée. Épuisée également, je renonçai à trouver mon chargeur, me levai brusquement et d'un pas chancelant allai me changer avant de tituber jusqu'à l'arrêt de bus, décidée à retourner chez moi pour y dormir les deux semaines suivantes.

Pendant tout le trajet, malgré mes yeux qui se fermaient sans mon consentement, je ne fis que réfléchir à ces événements.

Quelque chose n'allait pas.

Philippe était rentré quand je passai la porte de la maison. Il était alors un peu plus de dix-huit heures. Il regardait la télévision en attendant que je fasse à manger. Je posai mon sac sur la table de la cuisine et allai directement m'installer à côté de lui sur le canapé. Cette fois, pas de main baladeuse, pas de feu de brousse, contrôle total du réacteur. L'urgence d'appeler Alexandre hurlait dans ma tête, mais je la maîtrisai également, comme je réprimai l'envie de parler de l'accident à ce mari qui avait toujours écouté avec répugnance mes « histoires d'infirmière », comme il disait.

Quand je fus décidée à agir, je me levai et sortis précautionneusement sans rien dire, sans même prendre mon manteau. Direction : l'église. Elle était encore ouverte, car des séances de catéchisme avaient lieu le soir dans une petite salle attenante à la sacristie. Sans la moindre hésitation, je fonçai vers la petite statue noire qui, dans l'obscurité relative de la nef, semblait encore plus fatiguée qu'à l'ordinaire. Je m'adressai à elle sans prendre de gants.

— Tu es fier de toi ? aboyai-je silencieusement, attentive à ne pas trop gesticuler pour ne pas attirer l'attention des catéchumènes. Oh ! J'ai bien compris ta petite démonstration !

Jésus semblait sur la défensive, mais il ne bronchait pas.

— J'ai dit que je voulais un homme, et toi, tu me renvoies l'ancien ! Qu'est-ce que c'est que ces méthodes ?

Jésus me toisa avec toute la supériorité de ses vingt siècles de ministère et refusa de me gratifier du moindre signe de connivence. Nous nous défiâmes du regard pendant trente ou quarante interminables secondes, puis il me sembla percevoir un très léger vacillement de son expression de bois précieux. Je fis alors volte-face sans un mot et rentrai chez moi en courant.
À mon retour, la télévision était éteinte. Le canapé vide. La cuisine propre. Personne dans la salle de bain ni aux toilettes. On pouvait penser que mon mari n'était jamais revenu.
Bien.
J'avais maintenant la certitude que je pouvais aller de l'avant. Le passé était mort et bien mort, écrabouillé sur l'autoroute sans espoir de retour. Il était temps de penser à être heureuse. Je cherchai alors mon mobile dans mon sac, le branchai précipitamment à la première prise disponible, dénichai le numéro d'Alexandre et le composai dans une sorte d'euphorie jubilatoire. Le temps qu'il décrochât et que sa voix en parfaite santé parvînt à mon oreille, j'étais déterminée à prendre enfin mon avenir en main.

Rien de nouveau sous le soleil
Xavier Chapuis

Je me suis réveillée un matin et il y avait plein de gens : des petits, des grands, des hommes, des femmes, des travailleurs, des rentiers, tellement de gens qu'il faudrait des millions voire des milliards d'années pour les énumérer. Je n'avais pas dû sortir depuis belle lurette pour ne pas m'en être aperçue, mais il a fait très froid ces derniers temps et je suis restée sous mon manteau bleu glacier. J'avais la tête et les orteils congelés, alors mettre le nez dehors, ce n'était pas trop dans mon idée. J'avais bien des démangeaisons parfois, mais je n'y ai pas prêté attention. Seulement, elles se sont amplifiées et, avec le redoux du climat, j'ai été tirée des bras de Morphée.
De voir tous ces gens, ça m'a angoissée. Je trouve ça sale les gens, ça me donne envie de me laver. Ça colporte des épidémies les gens, il faut se méfier. Une bonne douche en rentrant, ou un bain, ça irait mieux. Les gens, ça grouille, ça sue... Je commence à avoir trop chaud au demeurant. C'est comme si j'étais recouverte de suie, j'étouffe, je m'asphyxie. Je suis prise d'une immense fatigue, les gens m'épuisent. Je suis constamment sollicitée et, si je ne réponds pas, ils me font parler. Tout cela confine au harcèlement, cependant je n'ai personne à qui me confier, aucune autorité à laquelle me plaindre. Avec mes copines,

on garde nos distances, on s'apprécie, ce n'est pas la question, simplement c'est normal d'aspirer à un brin d'intimité.

Parmi elles, je suis la plus grande des petites, ce qui est flatteur — mais je suis plus petite que les grandes. Quand on était gamines, on adorait se lancer des cailloux. Le choc, son bruit, ses répercussions, tout cela nous excitait. Rapidement, on est devenues moins puériles et on a joué aux billes. Il y a des collectionneuses, et les grandes, bien sûr, ont tout raflé. Après avoir gagné, elles n'ont pas voulu rendre leurs trésors, elles se sont gonflées d'orgueil et se sont même éloignées. Ça a mis mes voisines dans une sacrée colère, l'une a viré toute rouge, l'autre s'est enflammée. Moi, en douce, j'ai récupéré une pierre de lune et, aujourd'hui encore, je l'ai en permanence dans ma poche.

Je reconnais une tendance à l'hypocondrie, et plus généralement un tempérament inquiet. J'ai mes superstitions, sans doute, mes manies. Je dors avec la lumière, je l'avoue, j'ai peur du noir. Le noir, c'est l'infini, et ça m'effraie de me sentir minuscule. Je me retourne certes régulièrement dans mon lit, mais, même dans le dos, cette clarté me rassure. Qui peut se targuer de n'éprouver nulle appréhension à l'approche de la nuit ? Moi ça me fait cogiter, ce vide, ça me taraude. J'en ai des bouffées de métaphysique ! Suis-je seule dans mon genre, à devoir supporter les gens ? Suis-je la seule que la vie tourmente ? Ou suis-je livrée sans recours à mon propre sort ?

Sans être marginale, je suis différente : ma passion, c'est le bizarre. Gosse, j'ai eu ma période flaques d'eau : sauter à pieds joints dans la gadoue, ça, c'était le pied ! Flic flac floc, j'étais trempée. Adolescente, je me suis mise au vert, si je puis dire. C'était une obsession, je m'habillais de vert uniquement. Mais mon truc, c'était les reptiles. J'ai toujours été attirée par les serpents, les lézards, les rampants écaillés, aux yeux globuleux et aux dents acérées. J'avais un vivarium géant, avec une myriade d'iguanes — et quelques souris pour nourrir les premiers. Qu'est-ce que j'ai pu m'amuser ! Ils me fascinaient. Hélas, un jour, un éboulement a eu lieu, j'ai accouru, mais il était trop tard : mon vivarium était cassé. Seule une souris s'était échappée. Et puis un long silence — je me suis assoupie. Alors de me réveiller avec des gens à tolérer, j'ai mes raisons de ne pas être joyeuse. C'est ça, paraît-il, d'être adulte : un interminable compromis. Je ne comprends pas pourquoi on se rengorge de la fleur de l'âge. L'âge est plutôt une fleur fanée. Souvent, j'ai l'impression de tourner en rond, de ne pas réussir à avancer. D'attendre que toute cette agitation passe. Les gens sont méchants à poursuivre leurs médiocres intérêts, leurs vaines manigances, sans penser aux siècles à venir. C'est le règne des courtes échéances et de la croissance à tout prix. Les dinosaures, eux, étaient stables. Ils n'ont pas fait grand-chose, ils savaient profiter sans m'importuner, je les aimais bien. Mais les gens... Mes ressources sont limitées, ils ont tort de l'ignorer.

Baste ! Je suis une planète, on m'appelle la Terre. Cette humanité peut bien être nocive, pour moi elle n'est qu'éphémère.

Un souvenir d'enfance
François Marie

C'est par un jour de brume persistante, tombée un lendemain d'orages, que nous les vîmes revenir. J'avais neuf ans, ou peut-être un peu plus, qu'importe, c'était l'enfance.
Nous avions tous mal dormi, comme à chaque fois qu'ils s'en revenaient de leur tournée. Abel et Clovis, mes deux frères aînés, Josette, Andrea et Sylvette, mes trois sœurs, et Juju, le benjamin, ainsi que ma mère, toujours réveillée à six heures, nous étions tous massés sur le pas de la porte, les plus grands tenant les plus petits. Je n'ai qu'une idée vague de ce qui me préoccupait à cette période, mais je me souviens très bien que dans ces années-là, je n'avais jamais vu ma mère dormir. Bien qu'elle couchât souvent dans le salon, la plus grande de nos deux pièces, je ne l'ai jamais surprise dans son sommeil. Dormait elle ? Plus je me posais la question, plus j'en doutais. Aussi, elle était devenue un personnage extraordinaire pour ce qu'il me semblait être un exploit. Et en ce matin en particulier, sans doute à cause de la pureté du jour naissant, ma mère me parut encore plus extraordinaire, car elle n'accusait aucune fatigue dans les yeux et dans les gestes ! L'heure du retour la rendait éternelle et invincible.

Il était plus de sept heures trente et l'hiver s'ouvrait sur une journée pâle et terne, à peine troublée par une brume légère. Ma mère tenait à la main une boîte en métal assez haute qui contenait force biscuits de formes et goûts divers. Elle nous en distribuait des morceaux pour nous faire tenir tranquilles tandis que nous retenions avec peine les couvertures dans lesquelles nous étions enveloppés pour l'occasion. Les biscuits étaient un rituel et bien des fois nous n'avions que des miettes à sucer, mais la seule perspective du spectacle à venir suffisait à nous faire oublier notre lit. À l'exception de Juju. Mais celui-ci se rendormait déçu que personne dans l'assistance ne s'intéresse à ses grognements.

Sur les pavés de la grand-route, le frottement des ferrures des hautes roues du convoi provoquait de brèves étincelles. Celui-ci était encore indistinct, tandis que son grondement enflait et qu'apparaissait dans une sorte de tremblement, la compagnie galopante et frémissante, tous ses naseaux dilatés, de quatre puissants percherons. Les œillères des bêtes tremblaient sous le fouet de mon père cependant que leur crinière grise voletait dans la tiédeur matinale. La sueur perlait à leur cuir poussiéreux tandis que, du museau à la queue, ils n'étaient que force et mouvement.

Ils approchaient.

Ils approchaient et tous les yeux de la famille n'avaient qu'une seule cible, toutes les paupières se contractaient en découvrant l'exaltation suprême du charroi lancé à pleine vitesse et déboulant soudain au bout de notre rue.

Il montait en couleur, en bruits, en odeurs. Sa densité emplissait tout le cadre de l'horizon restreint de notre faubourg. Les tremblements prenaient corps et il semblait que sous les coups répétés, les pavés se tordaient sous le roulement grésillant des sabots.

Bientôt, mais si vite, le poids lourd du convoi nous traversait le corps tel un éclair de métal vibrionnant et forcené provoquant un écho tellurique venu du plus profond du sol.

Tout tremblait alentour et la clochette ouvragée posée sur notre portail se mettait à grelotter avec tout le seuil dans un même emballement.

Tous les chats du voisinage se hâtaient de fuir, qui sous les grilles du château, caché par le pignon de la maison de notre voisin, qui au plus haut des troncs, qui enfin, sous le plateau d'une carriole garée le long du mur de la ferme voisine. Les chiens se mettaient alors à aboyer, furieusement, sans que nul d'entre eux n'ait l'audace de défier le monstre ferré.

Au milieu de notre rue, le convoi ralentissait progressivement dans un grincement terrible de freinage afin de prendre la courbe au plus près puis, au moment de passer devant chez nous, il accélérait. Mon père, debout sur son banc de conduite, ses trois compagnons debout également, mais à l'arrière du charroi, arc-boutés sur les ridelles rouillées servant de garde-fous à leurs mouvements. Tableau hallucinant que la vapeur matutinale rendait redoutable. Mon père, ah si vous aviez pu le voir comme je le vis cette fois-là ! Sa haute tête émaciée déchirée par le travers de sa bouche lançant un cri rugueux, tout son faciès se figeant en une crispation de puissance ! Voilà qu'il envoyait par ses longues mains rougies par les brides et le froid, des impulsions diaboliques de hargne à ses quatre coursiers écumants. Les bêtes avaient le ventre et les pattes crottées de plaques que le vent roidissait, les yeux tendus dans la niche obscure de leurs œillères.

Au moment où il passait à pleine vitesse devant la grille, mon père se redressait comme s'il voulait saluer. Nous quittions alors notre muret et nous mettions en ligne en criant, ce qui réveillait Juju et le faisait souvent dégringoler du bord de la fenêtre où il s'était juché. Nous lancions à plusieurs reprises un « Hola-ho ! » triomphal et mon père, secouant son front ceint d'un bandeau de coton noir, nous souriait de toute sa figure. Par je ne sais quelle gymnastique inimaginable, il se saisissait de son fouet sur son côté droit, le faisait claquer dans l'air et le reprenait de son autre main pour le ranger à sa gauche tout en faisant passer les rênes d'une main dans l'autre. Quelques secondes suffisaient à l'opération. Plus tard, ma mère m'affirma que cela n'avait jamais eu lieu, que mon père ne faisait que lever son fouet en le claquant et le remettait en place presque aussitôt. Mais je n'y crus jamais. J'idéalisais trop mon père à cette époque pour douter de mes souvenirs. Et même si c'était faux, mon amour pour lui valait bien ce beau mensonge.

Dans le sillage du convoi, notre cri était comme un défi au jour, au froid et à la puissance qui nous fascinait. C'était tout autant un exorcisme dont la fougueuse énergie nous protégeait de la terreur du charroi, qu'un spectacle étourdissant dont la portée n'avait rien à voir avec son objet. Le chargement, on le voyait à peine. La masse formait un ballot mal équilibré bringuebalant entre les ridelles aux montants serrés. Des odeurs nauséabondes, des relents puissants de décomposition emplissaient l'air et nous prenaient la gorge, nous laissant longtemps en mémoire leur infect poison.

À l'arrière, ses trois ouvriers ressemblaient à mon père. Plus petits, plus tassés, aussi sales, ils se distinguaient de leur chef par le port d'un foulard de tête cramoisi qui leur pendait sur les épaules et leur donnait l'allure de brigands des mers. Malgré leur fatigue et l'état de saleté repoussant de leurs habits, ils donnaient l'impression de s'amuser à se laisser projeter d'un bord à l'autre du chariot. Sans doute pour nous complaire et ne pas être de reste vis-à-vis de leur patron, ils s'efforçaient à rire de toute leur barbe grimaçante.

Le convoi se hâtait de rejoindre la décharge où enfin, après plusieurs jours de labeur loin de la maison, son chargement d'ordures serait enfin livré. Que de kilomètres parcourus sur toutes les sentes et les voies du comté ! Que de veillées dans les fonds des granges ou sous la toile d'une tente à peine étanche dont le paquet comprimé pendait entre les essieux ! Pendant les froidures, les compagnons ramasseurs se regroupaient entre les pattes de leurs chevaux et il leur était même arrivé de s'abriter sous leur masse en attendant la fin d'une tempête de neige.

Bien des années après cette époque, je m'étonne encore d'être le fils d'un ramasseur d'ordures. Mais je n'ai aucune honte à le reconnaître et de mon père, je me souviens surtout de sa fierté d'être un chef d'équipe plein d'héroïsme, capable de nous faire vivre des petits matins grands comme des soleils du soir enflammant la mer. Cette fierté je la partage désormais avec lui. De son travail, mon père n'a jamais eu honte, et tout ce qu'il estimait récupérable trouvé dans les poubelles des riches, il le distribuait à ses voisins démunis ou à des inconnus. Ce bonheur-là, cette fierté m'eussent-ils été donnés par le plus bas des décrotteurs de nos cités, par le plus sale des boueux, par le plus malodorant, je ne l'aurais échangé contre nul autre.

Il y avait bien des années qu'avec son équipe, mon père quittait la tiédeur de notre maison chaque lundi, à l'aube. Pour eux, il n'y avait pas de repos. S'ils terminaient le samedi suivant, tant mieux, ils avaient droit au dimanche, sauf s'il y avait une cérémonie officielle avec force invités. Alors, dès six heures du soir, ils devaient s'atteler au nettoyage du parc municipal et se hâter de rejoindre la décharge le plus discrètement possible, en évitant de passer devant l'église et le presbytère, ce qui forçait leur charroi à gravir une pente impressionnante en haut de laquelle se trouvait la maison du maire. Pour l'éviter, ils devaient encore prendre un chemin latéral et franchir une fondrière jusqu'à la décharge. Plus d'une fois, ils avaient bravé les anathèmes du prêtre et l'avaient salué par un bras d'honneur. Ils n'avaient pas grand-chose à craindre, car pas un citoyen du bourg n'aurait voulu prendre leur place.

Chaque lundi donc, vers six heures l'été et sept heures l'hiver, ils se retrouvaient chez nous pour écluser deux grands bols de café et un long verre de fine aux vertus explosives. Ils enfournaient dans leur bouche immense deux pains de quatre livres tranchés au poignard et sur quoi ma mère tartinait sans réserve un beurre suintant de sel. Chacun des hommes se servait en cochonnailles et en oignons crus et mâchait avec bonne humeur.

Ensuite, mon père s'approchait d'un tonneau de bois posé sur un tabouret à trois pieds dans un angle de la cuisine. Il en extrayait une demi-douzaine de harengs salés qu'il serrait dans un tissu et glissait dans la poche de son tablier de cuir, « pour son midi », lançait-il. Puis il s'emparait des gourdes et allait tirer au tonneau la piquette que mon parrain vigneron lui vendait à vil prix. Sans être vindicatif, mon père s'arrangeait pour s'offrir une petite revanche sur ce vieux grippe-sou en oubliant régulièrement de ramasser ses ordures.

Une fois son déjeuner avalé, Loriot, le premier ouvrier de mon père, le plus ancien aussi, sortait atteler les chevaux. Jamblin, deuxième de l'équipe, le suivait de quelques minutes avec pour tâche de vérifier les ridelles et les cordages de bâche. Bonpierre, le troisième, le plus jeune aussi, faisait maladroitement les yeux doux à ma mère avant que mon père ne le chasse d'une claque dans le dos ou d'un coup de pied dans les fesses. Il était chargé d'aller vérifier l'état des roues et du frein de l'attelage, ainsi que les outils de ramassage. Il devait enfin pendre la lanterne dont il avait auparavant rempli le réservoir de pétrole lampant.

Quand tout était fini, une demi-heure plus tard, mon père, embrassait longuement ma mère, passait par nos chambres et nous saluait d'un regard froncé. Il savait que nous étions tous éveillés et que bien souvent, moi ou mes sœurs assistions en cachette à la cérémonie du petit déjeuner.

Puis il sortait, criait « hardi ! », et grimpait sur son banc de conduite. Lançant un « holà ! », ses hommes répondaient « ho ! ». Enfin, il lançait un caillou sur la clochette ouvragée du portail du jardin qui tintait d'un coup sec. Alors le convoi s'ébranlait. Lourdement, pesamment, il se dirigeait tout droit vers les collines, dans la vapeur épaisse du souffle des chevaux.

J'ai grandi. Je peux bien l'admettre aujourd'hui, ma mère pleurait souvent dans sa cuisine ces matins-là, ses longues mains crispées sur la barre d'appui de la cuisinière pour ne pas trembler, la tête penchée sur un côté, les épaules affaissées. Il était six heures trente l'été, sept heures trente l'hiver…

Le Privé
Claude Darragon

Il y a deux catégories de détectives privés. Les winners et les loosers. Les winners tombent systématiquement sur des affaires insolites et passionnantes, séduisent toutes les jolies femmes et se font un max de fric. Les loosers s'emmerdent les trois quarts du temps pour un salaire de misère.

Pour parvenir au statut de winner, il faut rapidement acquérir une réputation. Se faire respecter des flics et des voyous. Le reste vient tout seul.

Un an après mes grands débuts, je me situais déjà dans le top dix. J'avais même un surnom, signe indéniable d'une vraie notoriété. Dans le "milieu", comme dans la police, vous avez toujours des types à l'imagination débordante pour trouver des sobriquets particulièrement originaux. Le mien, c'était "Le Privé"…

Je fêtais ce premier anniversaire avec un scotch irlandais hors d'âge, lorsque le téléphone a sonné. Une voix masculine pleine d'autorité m'a demandé un rendez-vous urgent que j'ai accepté avec joie, mais sur un ton anodin, voire indifférent, car un privé de qualité, c'est avant tout sa retenue, m'avait dit un confrère bien connu dans le métier.

L'homme avait précisé : « Je suis officier chargé de la criminalité financière au ministère de la Défense. »

Rien que ça !... J'étais certain qu'un tournant décisif de ma jeune carrière allait s'opérer. Appelez ça le flair.

Avec ce genre de client, il fallait faire "classe" : costume Marks & Spencer, chemise Charvet, souliers Richelieu,

cheveux soigneusement peignés, un coup d'œil dans le miroir, j'étais fin prêt. Un privé de qualité, c'est avant tout son look, m'avait dit un autre confrère bien connu dans le métier.
On a frappé à la porte.
— Entrez !
J'avais également travaillé mon intonation, mystérieuse et grave en cas de visite féminine, neutre et posée pour un homme. Un privé de qualité, c'est avant tout sa voix, m'avait dit un troisième confrère bien connu dans le métier. (Vous trouvez ça un peu répétitif et sachez que je vous comprends parfaitement, mais rassurez-vous, je ne côtoie pas d'autres confrères bien connus dans le métier.)
L'homme n'était pas du genre à tourner autour du pot.
— Je m'appelle François Garin et j'ai un très sérieux problème. Vous avez entendu parler du gang des faux-monnayeurs ?
— Évidemment.
— Cinquante mille euros pour vous si vous le démantelez.
Une proposition pareille, ça ne pouvait pas se refuser.
Il a continué :
— Je risque tout bonnement ma place. On piétine depuis des semaines... Je connais votre réputation, "Le Privé". Voilà un acompte de cinq mille. J'ai aussi une piste pour vous, éventuellement...
— Dites toujours.
— Louis L'Auxerrois est sûrement dans le coup. Mais officiellement, on n'a rien contre lui.
On s'est serré la main et il est parti.

Le lendemain matin, je suis allé directement chez « L'Auxerrois ». J'ai eu la surprise de voir une ambulance et une voiture de flics garées devant son immeuble.

L'inspecteur Pottier, que je connaissais bien, m'a laissé entrer dans l'appartement. Banal accident cardiaque d'après le médecin, validé par le policier, sauf que lorsque je me suis approché du cadavre, l'odeur d'amande sortant de sa bouche m'a immédiatement fait diagnostiquer un empoisonnement au cyanure, ce que je décidai de garder pour moi.
Les lacunes des toubibs et des flics font le bonheur des "privés"…
Aussitôt ressorti, direction la piaule de Dédé le Charognard, le grand pote de l'Auxerrois. Je lui ai appris la nouvelle sans ménagement. Dans ce métier, moins on fait entrer l'affectif, plus on est efficace. Il était secoué, c'était le moment de foncer.
— Je sais que ce sont les faux-monnayeurs qui ont fait le coup. Donne-moi un tuyau.
— Je suis pas une "balance".
— Fais-le pour ton ami.
Là, il a vacillé. Mettez un bémol à ce que je vous ai dit un peu plus haut. L'affectif, parfois, ça peut quand même servir.
— OK. Le type qui fait les faux billets est un copain de "Tonio le numismate de Tarascon". C'est tout ce que je sais.
J'ai eu un mouvement de recul. "Tonio le numismate de Tarascon", c'était du lourd. Du très lourd, même… Il a poursuivi :
— Si tu tiens vraiment à ta peau, "Le Privé", te mêle pas de ça.
— T'inquiète, "Le charognard", j'en ai vu d'autres.
J'étais bien moins sûr de moi que je ne l'avais laissé paraître. Avec TNT, comme on l'appelait parfois dans le "milieu", je m'attaquais à un gros poisson.

Mais arrivé devant chez lui, j'ai eu droit au même comité d'accueil que chez "L'Auxerrois".
Ambulance, flics, même médecin et même inspecteur Pottier qui m'a aussitôt lancé :
— Ma parole, tu nous suis à la trace, "Le Privé" !
J'interrogeai le médecin du regard.
— Il a marché sur un savon et s'est fracassé le crâne. Une mort vraiment stupide. Faites attention, le savon est toujours sur le sol !
En entrant dans la salle de bain, j'ai remarqué une sculpture en métal, posée sur une étagère. Elle était bosselée. Les traces de poussière prouvaient qu'on avait déplacé l'objet.
Une hécatombe semblait en marche. Mais si j'étais le seul à avoir compris les deux meurtres, je me retrouvais malheureusement dans une impasse avec le décès de ce pauvre TNT.
Alors, j'ai joint François-Xavier, mon indic. Son vrai prénom, c'est Charles-Henri, mais il trouve ça trop chic. Drôle de type…
— J'en connais qu'un, de faux-monnayeur. Fernando Bottecchia. Mais il est plus dans le circuit, aux dernières nouvelles. Désolé, "Le Privé".
— Donne quand même son adresse.
Plus dans le circuit, mouais… De toute façon, c'était ma seule piste, alors, j'y suis allé. Appelez ça le flair.
C'était une coquette baraque. Je me suis approché sans bruit. La fenêtre était ouverte. Un couple discutait tranquillement. Le téléphone a sonné. L'homme s'est levé.
— Allo ! Oui… Demain soir ? OK.
Il a reposé le combiné en disant à la femme :
— C'est pour demain. 20h chez Pierrot.
— Tout est prêt ?
— Affirmatif, j'ai recompté les billets tout à l'heure.

— C'est quand je t'ai entendu râler, non ?
— Contre moi-même, oui. J'en avais fait tomber un par terre. Tous les billets méritent le respect, même les faux.
— Tu vas me laisser toute seule, alors ?
— C'est juste l'affaire de quelques heures.
Et voilà, je touchais au but. Le flair, c'est un truc inné, tu l'as ou tu l'as pas.

J'ai décidé de rentrer à l'agence afin d'appeler Garin.
Je venais à peine d'arriver que la sonnerie du téléphone retentissait.
Une voix féminine, jeune et sensuelle, sollicitait une entrevue immédiate. Son nom : Clémentine Garin, l'épouse de mon client !
Un look sexy s'imposait : chemise ouverte sur un médaillon, façon Michel Delpech, blue-jean serré, Fedora véritable, made in Italy, bien posé sur l'avant de mon crâne.
En lui ouvrant, je me suis retrouvé face à une créature de rêve qui m'a immédiatement fait penser, en bon cinéphile que je suis, à Claudia Cardinale dans "Mariage à l'Italienne".
— Il fait chaud ici, permettez que je me mette à l'aise.
Tout en l'observant se livrer à une sorte de début de strip-tease, j'ai négligemment jeté mon couvre-chef sur le porte-manteau perroquet situé à deux mètres cinquante de mon bureau. Des heures d'entraînement. Elle a eu un sourire admiratif.
— Vous êtes adroit comme ça pour tout ?
— J'ai une certaine réputation.
Le concours de séduction avait débuté en trombe. J'ai décidé de calmer un peu le jeu.
— Et sinon, que puis-je pour vous ?
— Je viens voir si votre enquête avance.

— Elle se termine, même... Votre mari est au courant de votre présence ici ?
— Non. Il est très jaloux...
J'ai saisi le téléphone et j'ai tout expliqué à Garin. Clémentine buvait mes paroles.
Lorsque j'ai raccroché, elle m'a demandé :
— Pourquoi ces deux assassinats ?
— Parce que chez les voyous, la concurrence, on a tendance à l'éliminer physiquement. Votre mari va contacter l'inspecteur Pottier et ses hommes. J'irai aussi. Les filatures, ça me connaît.
— Je viendrai avec vous. François doit partir pour deux jours. J'ai un charmant pied à terre en banlieue. Après les arrestations, nous pourrions aller fêter ça ensemble. Qu'en dites-vous ?
Une proposition pareille, ça ne pouvait pas se refuser.
Je l'ai embrassée en guise de réponse. Mon baiser « spécial winner ». Très travaillé.

Le lendemain soir, dès dix-neuf heures, on était tous prêts. Pottier est venu s'installer à l'arrière de ma bagnole et m'a dit :
— Sacré Bottecchia... Je croyais pourtant qu'il avait raccroché.
Je lui ai répondu que ces gars-là ne raccrochent jamais.
Puis, il s'est tourné vers Clémentine :
— C'est votre mari qui vous a fait venir ? Pour vérifier qu'on faisait bien notre boulot ?
— Non, c'est l'adrénaline qui m'a fait venir.
J'ai échangé un regard sans équivoque avec elle. Pottier n'a évidemment rien remarqué.
J'ai soudain eu envie de l'humilier devant Clémentine.

— J'espère que tu as prévenu tes hommes que ça pouvait être très dangereux.
— Pourquoi ? Bottecchia n'a jamais travaillé avec des tueurs. Avec lui, c'est toujours "propre".
— Vraiment ? Comment expliques-tu les deux meurtres, alors ?
— Quels meurtres ?
— "L'Auxerrois"… Odeur d'amande dans la bouche. Le toubib et toi, vous êtes passés à côté, pas moi.

Nouveau coup d'œil complice avec Clémentine, mais j'ai reçu la réplique de Pottier comme un uppercut.
— Tu n'as donc pas vu la bouteille, sur sa table ? Presque vide. De la liqueur d'amande.

J'étais bien sonné, mais je lui ai aussitôt parlé de la sculpture cabossée, dans la salle de bain de TNT.
— La sculpture, c'est moi qui l'ai fait tomber. Un faux mouvement…

Là, j'étais abattu. Heureusement, Clémentine est venue à mon secours :
— Mais de toute façon, la seule chose qui compte, c'est de coincer le gang des faux-monnayeurs, non ?

Bottecchia est sorti de chez lui juste à ce moment, un grand sac à la main. Il est monté dans sa voiture et nous a menés jusqu'à une petite maison située au coin d'une rue tranquille. Un des flics est allé voir discrètement.
— A priori, ils sont quatre.

On a attendu pendant une heure, au cas où il y aurait eu d'autres "invités". Ensuite, place à l'action ! Pottier nous a demandé de rester en retrait.
— Vous entrerez quand on les aura menottés.

Excitée, mais prudente, Clémentine s'est calée derrière moi, agrippant fébrilement ma veste.

Trente secondes après l'intrusion des forces de police, nous avons vu revenir vers nous l'inspecteur, lequel, sans un mot, nous a invités à le suivre. Nous sommes arrivés peu après dans une salle à manger. Quatre hommes, dont Bottecchia, étaient attablés. Pottier a croisé les bras et m'a lancé un regard fort peu aimable.
— Tu peux m'expliquer, "Le Privé" ?
C'est Clémentine qui a répondu, avec un sourire pincé :
— Eh bien, ça me paraît clair. Ces messieurs font une partie de Monopoly.
Pour moi, c'était la Bérézina, mais en pire. Journée de merde...
Pottier m'a traité de... d'un truc que je n'ai pas envie de répéter. Clémentine m'a souhaité une excellente soirée avec une dose de mépris à assommer toute une équipe de rugby néo-zélandaise, entraîneur compris. Ils sont ressortis aussitôt et je m'apprêtais à en faire autant quand l'un des quatre joueurs m'a interpellé :
— Oh ! "Le Privé" !
Je me suis retourné lentement. À la moindre insulte ou ironie de sa part, je lui sautais dessus, histoire de sauver ce qui me restait d'honneur.
L'homme a continué :
— Il faut que j'aille aider ma grand-mère à déboucher son évier. Vous prenez ma place ?
J'ai instantanément retrouvé ma nonchalance, professionnalisme oblige.
— Ah ouais ? Et pourquoi je ferais ça ?
D'un geste du menton, il a désigné le plateau de jeu.
— J'ai trois maisons rue de la Paix et un hôtel boulevard des Capucines.
Une proposition pareille, ça ne pouvait pas se refuser.
Tandis que je m'asseyais, Bottecchia m'a dit :

— Elle était très belle, cette femme.
— Oui, comme Claudia Cardinale dans "Mariage à l'italienne".
— C'est Sofia Loren qui joue dans "Mariage à l'italienne", pas Claudia Cardinale.
Il y a des jours, comme ça…
Cette mésaventure a nettement terni ma réputation, mais je m'évertue depuis à remonter la pente. C'est ça, un winner !

Visiteurs, devant vos yeux ébahis
Téha Romain

Un signal sonore bref et le dispositif d'éclairage surplombant le battant s'illumine.
Le sas vomit un essaim de touristes agglutinés. Les mains palpent une nouvelle fois ; pas de mini micro-onde de poche, pas de décapsuleur laser. Tout est Ok.
L'excitation oscille sur le petit groupe en ébullition. Les poils se dressent sous les combinaisons de protection. On n'en peut plus. Des voix grésillent dans les haut-parleurs. Et lorsque le frémissement général brouillé par les battements de cœur infernaux devient presque audible, on conduit les visiteurs vers l'objet de la visite, dans un concert de couinements de surchaussures antidérapantes.
On a le sens du spectacle à la Sensa Corporation.
SUIVEZ LES FLÈCHES JAUNES AU SOL. NE TOUCHEZ À RIEN.
Et quelques couloirs blancs et une série périodique de panneaux « No flash » plus tard, la petite troupe plastifiée émerge enfin dans la salle principale. Les agents de sécurité à force le savent ; la première émotion est toujours la stupeur, une espèce de crispation locale du temps décrite par les visiteurs dans des commentaires flous et emphatiques sur le site. Puis viennent ensuite le trouble — qui, sans remplacer la première, vient s'y additionner — et

des réponses émotionnelles plus personnelles allant de l'émerveillement pour certains au malaise pour d'autres. Parfois même des vertiges pour les plus secoués.

Il faut dire que la couleur ne peut que vous crever les yeux.

Ce n'est la couleur de rien. Vive et enveloppante et sereine et douce et hypnotique. Et son nom c'est.

Un vide, emmailloté dans un pêle-mêle grouillant et insaisissable de sens qui déferlent de çà et là comme de petites fusées nues. La bouche qui ne peut produire qu'un hoquet de voix creux, absent de mots pour décrire. Et ce vide enfle, écorche et frustre tandis que parallèlement la couleur en remplit un autre, un manque invisible. Et parce que l'esprit humain aime faire le tri pour espérer mieux saisir les choses, les visiteurs énumèrent pour eux-mêmes tout ce qu'*elle n'est pas*. *Elle* n'est pas rouge, *elle* n'est pas bleue, jaune, orange, ni même gris ou violet.

On peut découvrir un nouvel élément chimique, une mystérieuse exoplanète, un vaccin contre un pathogène mortel, mais pas une nouvelle couleur, ah ça.

Et puis c'est seulement après que la couleur, comme un éclair, nous ait incisé la rétine qu'on devient conscient des touffes d'ovales mous qu'elle recouvre, des cylindres courbes et des ramifications rugueuses s'entremêlant.

Alors comme des héros solennels du langage, les spectateurs sont tout d'un coup frappés par le sentiment du devoir d'enrichir le dictionnaire au nom de l'Humanité avec tout cet étonnant attirail visuel.

Archaic (self)Reliant Biological Remarkable Entity (A.R.B.R.E.) : le surprenant, le mystérieux dernier

représentant d'une espèce disparue depuis des siècles. Il devait appartenir à n'en pas douter à cette chose ancienne et démodée qu'on appelle « la Nature », sans être jamais vraiment certain de savoir ce que c'est.
Et on pourrait penser à le voir ainsi, imposant et grave sous sa cloche en verre plus solide que le diamant, perdu dans son exosquelette de tubes et de tuyaux inextricablement mêlés, on pourrait penser que tout cet équipement le faisait paraître encore plus seul. Mais ce à quoi pensent en réalité les visiteurs à ce moment c'est à sortir leurs appareils et le cribler de photos (sans flash).
Des substrats et nutriments acheminés via les tuyaux à la lumière artificielle projetée sur son cocon de verre, les scientifiques de Sensa Corporation mettent toutes leurs compétences en commun pour assurer sa subsistance.
Et A.R.B.R.E. subsiste.
Régulièrement, des bras robotiques zigzaguent, piquent, prélèvent, dans un ronflement métallique devant des chercheurs euphoriques qui attendent, tremblotant et trépignant comme des mômes, de percer tous les secrets de sa technologie, ma foi, prodigieuse.
Certains touristes, à présent, s'étaient jetés à terre pour se prosterner à genoux devant la Curiosité, récitant fiévreusement des prières inaudibles, bénissant dieux, anges, et cetera de les avoir menés face à tant de merveille et de majesté.
On se rappelle de l'histoire de cet homme qui aurait un jour, pour on-ne-sait-quelle raison, voulu s'introduire sous la

cloche de verre et qui, par on-ne-sait-quel procédé, y serait parvenu.

Dès lors, il avait complètement perdu la boule, s'époumonant sans arrêt qu'il n'avait jamais respiré d'air aussi pur et qu'il avait été désigné par A.R.B.R.E comme l'élu…

Puis, sans cause préalable — faute de coupable à condamner, on finira plus tard par blâmer cette maudite gravité — un des ovales souples de la couleur sans nom se détache de son port et tombe en tourbillonnant dans le silence et l'innocence jusqu'au sol. L'instant flotte comme une bulle. Les corps se coupent. Les souffles se figent.

Puis la bulle éclate et les événements qui suivent, foudroyants, déferlent.

Les mains gantées des agents saisissent bras, capuches, plis de combinaisons et les catapultent vers le couloir qui les avale tout entiers. Les corps sont bousculés, bringuebalés, propulsés tandis que l'alarme d'urgence crache son hurlement dans les haut-parleurs. On se bouche les oreilles, on réprime des haut-le-cœur, on n'a pas le temps de crier.

Code rouge.

Dans la cloche, les robots, affolés, s'activent. Ils recueillent le misérable objet sur le sol, le déposent fébrilement dans un tube. On double, puis triple le débit des nutriments dans des tuyaux palpitant comme un pouls dans une veine. Et ce vacarme de cliquetis affligés, de va-et-vient catastrophés, de lamentations mécaniques — sans oublier *dehors,* où les nouvelles font plusieurs fois le tour du globe — dure, semblerait-il, une éternité.

Puis, encore une autre éternité plus tard, le dernier agent de service s'en va, la dernière lampe de bureau s'éteint, et ne reste que le silence. Le silence et A.R.B.R.E., chétif et ridé sous sa cloche en verre sans éclat, perdu dans son exosquelette de tubes et de tuyaux comme une cage de cuivre. Seul.

Et là, le long d'une branche, un minuscule joyau terne, une goutte d'eau qui roule et tombe ; A.R.B.R.E. pleure.

Le vieil homme et l'amer
Hervé Beghin

Célestine se tient debout les mains nouées dans le dos, presque collée à la porte vitrée de son magasin. Bien qu'elle soit à l'abri de la pluie qui ne cesse de tomber depuis le début de la matinée, elle se désespère quelque peu en suivant le parcours des gouttes qui zigzaguent en glissant rapidement sur les carreaux de la porte et de la vitrine. Songeuse elle se dit que, au moins pour ce matin, elle comptera sans doute les visiteurs sur les doigts d'une seule main et c'est bien normal, car qui aurait l'idée de sortir faire des courses par un temps pareil ? Et pourtant, même si la météo a envisagé une timide apparition du soleil cet après-midi, elle sait qu'elle recevra quand même dans quelques minutes la visite d'un client bien particulier, puisque celui-là ne déroge jamais à l'habitude qu'il a prise de longue date de venir chaque jour à dix heures précises acheter une plaque de chocolat. Si ce n'est pour demander sa ration quotidienne et la remercier, il ne prononce jamais un mot. Célestine est sûre qu'il a largement dépassé l'âge de la retraite, il a l'air renfermé et bourru et elle l'imagine bien avoir fait carrière dans une compagnie d'assurances, sans doute au service « sinistres ». Il donne l'impression d'un homme carré, rigoureux, aux idées bien arrêtées, genre sombre et inflexible. Elle ne sait ni d'où il vient ni où il vit,

probablement dans le voisinage ; mais comme ses achats sont toujours réglés en liquide, elle ne peut espérer en apprendre davantage sur ce personnage dont le profil ne cesse de l'interpeller.
Mais aujourd'hui, est-ce que la pluie va le retenir chez lui ou peut-être le mettre en retard ? Il est neuf heures cinquante-huit et normalement dans deux minutes il devrait apparaître au coin de la rue, descendre prudemment du trottoir et traverser la voie avant d'ouvrir la porte de la petite épicerie en faisant tinter les grelots du carillon qui l'équipe. Ah ! Le voilà, la pluie ne l'a donc pas découragé, ce qui n'étonne guère Célestine. Il passe le coin de la rue, protégé par un imper dégoulinant et un chapeau. Elle se demande quand même pourquoi son drôle de client a jugé opportun de mettre le nez dehors par un temps aussi exécrable ; en réalité, il lui semble connaître la réponse à cette question, l'homme doit être littéralement prisonnier de ses habitudes, en tout cas de celle-là. Pensive, elle n'en oublie pas pour autant d'allumer le transistor posé sur une étagère derrière le comptoir. Justement, au moment précis où le vieil homme pousse la porte du magasin, Annie Cordy s'époumone à chanter « cho ka ka o », ce qui ne suffit pas à parer même d'un léger sourire le visage flétri et atone de Monsieur le client de dix heures, qu'elle salue avant de lui demander avec malice ce qui lui ferait plaisir aujourd'hui. Ce sera pour cette fois une plaque de chocolat au lait, ce qui ne la surprend guère, car il y a longtemps qu'elle a remarqué qu'il alterne volontiers celui-là avec du chocolat noir ou blanc.

Alors qu'il n'est entré dans le magasin que depuis quelques minutes et qu'il s'apprête déjà à en sortir, sa plaque de chocolat à la main, la pluie se transforme en une violente averse orageuse qui conduit la jeune femme à conseiller au vieillard de patienter quelques minutes au sec. Après avoir jeté un coup d'œil à la vitrine dégoulinante et à la rue morne et vide, il y consent, manifestement à contrecœur, et s'assoit avec précaution sur l'unique chaise du magasin. Célestine se dit que cet événement constitue en soi une première et qu'elle en profiterait volontiers pour tenter d'initier avec son client un dialogue qui lui permettrait enfin d'en savoir un peu plus sur ce mystère à deux pattes. Elle se lance :
— Surtout si je vous ennuie dites-le moi, mais voyez-vous, comme la plupart des femmes, je suis curieuse de nature et j'avoue être intriguée par le fait que depuis longtemps vous venez chaque matin dans mon magasin acheter une plaque de chocolat, même s'il fait un temps de chien comme aujourd'hui. Vous l'aimez donc à ce point ?
Le vieux monsieur relève la tête et l'observe intensément, comme s'il ne s'était jamais rendu compte de sa présence, garde le silence quelques secondes, craignant peut-être de s'épancher en lui confiant un secret inavouable. Mais comme elle lui sourit, il s'oblige à lui parler, un peu fort même, car dehors les gouttes de pluie qui s'écrasent sur le sol, les vitres du magasin et les carrosseries des voitures garées le long du trottoir génèrent un vacarme infernal.
— Vous savez, Madame, comme vous l'avez remarqué, car je n'en fais pas mystère, je suis un amateur de chocolat, mais pas seulement. En fait, je suis un véritable amoureux

du chocolat, comme d'autres sont amoureux des livres, de la musique ou de la peinture et, croyez-moi, je n'éprouve aucune honte à en consommer bien plus que de raison. Voyez-vous, le chocolat est un peu comme le centre de mon univers, je vis chocolat, je respire chocolat, je pense chocolat, il m'arrive même parfois de rêver chocolat ; vous allez peut-être vous dire que je ne suis qu'une vieille ganache, ce qui dans le fond est sans doute une réalité, mais puisqu'il existe, au moins en chanson, « une femme chocolat », je me suis demandé un jour pourquoi il n'y aurait pas aussi « un homme chocolat ». Et surtout pourquoi ne pas devenir celui-là ? Il me semble que le rôle m'irait plutôt bien.
— Mais, si je puis me permettre, d'où vous vient cet amour inconditionnel du chocolat ?
— Ah ça, c'est toute une histoire ! Disons que j'ai eu la chance de bénéficier de certaines prédispositions. Déjà je suis né en Côte d'Or, il me semble que rien que cela suffit à expliquer ce tropisme positif au cacao auquel je succombe depuis des années. Et puis, il y a bien longtemps, j'ai eu l'occasion d'aller faire du tourisme aux Seychelles, sur l'île de Praslin ; j'y ai découvert les cacaoyers géants qui embaument l'air d'une sorte d'amertume mêlée à une fragrance plutôt sucrée. J'ai compris que la conjugaison de ces deux effluves constitue l'essence de la vie. Mais là-bas, j'ai aussi flashé sur les coco fesses qui séduisent tant les cucul la praline et sur les fameux rochers des Seychelles ; je me suis convaincu qu'il devait exister un lien entre ces gros blocs de granit et le parfum du cacao, ce qui m'a ramené

par la pensée aux sublimes rochers inventés par monsieur Suchard. Pour tout vous dire, j'ai passé ma vie à enseigner les mathématiques, persuadé qu'elles constituaient la matière essentielle de la connaissance donc de la vie. Eh bien, j'ai fini par m'apercevoir que je m'étais trompé, les maths comme les individus finissent toujours par vous décevoir ou vous lasser, mais le chocolat jamais ! J'ai compris qu'il doit être un plaisir incontournable du quotidien et j'en suis venu à rêver qu'on remplace un jour les profs de maths par des profs de chocolat, car il me semble que les élèves préféreraient tout apprendre de cette matière plutôt que de plancher sur le mystère du carré de l'hypoténuse. Il y a tant à apprendre de cette merveille au goût sublime, qui nous est proposé sous toutes les formes géométriques ; une plaque de chocolat contient, soyez-en sûre, son lot d'énigmes, un peu comme un rubik's cube, mais à l'horizontale, et les déchiffrer requiert autant d'habileté qu'il en faut à ces perfectionnistes qui s'acharnent à résoudre de plus en plus rapidement l'équation du cube. Et puis, comme je viens de vous le dire, le chocolat se décline aussi en rectangles, en losanges, en triangles, en cercles, en cônes, toutes ces formes parfaites lesquelles, enrobées de chocolat, ne pouvaient laisser de marbre un vieux prof de maths comme moi.

Célestine buvait littéralement ses paroles, comme elle le ferait d'un chocolat chaud qui lui procurerait tant de plaisir en cette triste matinée d'automne. Et tandis que le vieil homme concluait ce discours inattendu et passionné, le temps d'ouvrir avec précautions l'emballage de la plaque et d'en extraire puis de mettre en bouche deux carrés, elle garda la sienne ouverte de surprise, se demandant pourquoi cet homme, qui n'avait même jamais dit un mot plus bas que l'autre, se lâchait aujourd'hui à la faveur d'une pause pluvieuse pour endosser, lui sembla-t-il, le rôle d'un Monsieur Loyal déclamant dans l'arène de son petit magasin son amour incommensurable du chocolat. Elle eut l'impression qu'à ce moment précis il avait eu envie d'abandonner son profil de taiseux, prêt désormais à haranguer les foules et les inciter à découvrir le bonheur que procure le fait d'aimer le chocolat, même plus que de raison ; mais il était sans doute bien trop âgé pour se lancer dans une telle croisade.

Tandis qu'il rangeait le reste de sa plaque dans une poche de son imper, Célestine osa lui demander pourquoi il alternait ainsi, au fil des jours, les diverses sortes de chocolat. Un léger sourire éclaira un bref instant le visage du vieil homme qui lui répondit :

— Ah bien sûr, vous avez remarqué ça aussi ? En fait, je pense que tous les chocolats méritent d'être appréciés et dégustés et personnellement, je leur voue le même amour. Croyez-moi, les gens qui n'aiment pas le chocolat noir sont des racistes, ceux qui n'aiment pas le chocolat au lait détestent les vaches ou sont des zoreilles et ceux qui ne prennent aucun plaisir à manger du chocolat blanc sont des faux frères. Ils font tous semblant d'avoir oublié que le chocolat est la matière dont sont faits les rêves. D'ailleurs, comme le disait John Tullius : « Neuf personnes sur dix aiment le chocolat, la dixième ment ».

Il ne pleuvait plus, l'orage était parti se faire voir et entendre ailleurs. Le client de dix heures se leva de sa chaise sans plus dire un mot, mais, au moment d'ouvrir la porte du magasin, il se ravisa et revint vers le comptoir pour demander une autre plaque de chocolat, noir cette fois, sûrement parce qu'il avait déjà entamé l'autre. Puis en quittant le magasin, il dit à Célestine :

— Je vais bientôt avoir quatre-vingt-quinze ans et je n'ai aucun doute sur le fait que je dois cette longévité à une consommation immodérée de chocolat. Le scientifique que je fus ne devrait pas énoncer cette affirmation qui, de prime abord, peut paraître outrancière, mais je vais quand même oser vous dire que, selon moi, l'existence même du cacao constitue en soi la preuve d'une forme de primauté de la matière sur l'esprit.

Le vieillard la salua en soulevant son chapeau, sortit du magasin et tourna le coin de la rue sans savoir, mais Célestine non plus, qu'il effectuait ce trajet pour la dernière fois. Le lendemain fut un jour ensoleillé, la jeune épicière servit plusieurs clients avant de se rendre compte à dix heures quinze que l'amoureux du chocolat, dont elle ne connaissait même pas le prénom, avait manqué pour la première fois son rendez-vous quotidien. Peut-être avait-il pris froid la veille ou abusé du chocolat ! Elle regarda plusieurs fois sa montre, mais les minutes puis les heures passèrent et il ne vint pas. Le dernier client de la matinée parti, elle subodora un drame, sentit une vague d'inquiétude et de tristesse monter en elle et envisagea ce qui ne pouvait être que la disparition tragique du vieil homme. Elle aurait pu éclater en sanglots, mais, en portant son regard sur l'étagère sur laquelle cohabitaient des dizaines de plaques de chocolat, elle fondit en larmes.

Tout en vaquant de son mieux à ses occupations quotidiennes, elle réfléchit et finit par admettre qu'elle ne pouvait garder pour elle seule l'histoire de cet homme, de ses visites quotidiennes au magasin qui se justifiaient par l'amour intense qu'il vouait au chocolat dont il n'aurait sans doute plus jamais l'occasion de parler. Alors, elle qui avait toujours tu cette sorte de complicité silencieuse qu'elle entretenait avec le Monsieur de dix heures, décréta qu'elle se devait de lui rendre hommage en tentant de faire partager ce sentiment avec le plus grand nombre de personnes possible sans omettre de leur préciser, commerce oblige, qu'il l'avait convaincue des effets bénéfiques de la consommation même excessive de chocolat sur la durée de vie. C'est ce qu'elle fit et peu à peu l'histoire et les dérives chocolatées du professeur de mathématiques furent connues de tout le village ; bientôt, les autochtones envahirent son magasin pour acheter en grande quantité toutes sortes de plaques de chocolat, espérant ainsi prolonger de quelques années avec bonheur leur passage sur terre. Le vieil homme n'avait pas reparu, mais il était parvenu, par Célestine interposée, à imposer sa philosophie de l'amour du chocolat à des centaines puis à des milliers de personnes.

Il s'en suivit que dans les magasins les gens ne parlaient entre eux que de chocolat, ne trouvant plus aucun intérêt à évoquer les problèmes qui les agitaient auparavant, liés à la politique, le pouvoir d'achat, les impôts, la santé, l'insécurité et même la religion. On ne parlait plus que de lui, devenu en quelques semaines seulement ce sujet de conversation unique qui fait naître sur les lèvres de tous des sourires bienveillants. Les enfants qui abusaient des Kinder étaient devenus plus gentils, les croqueurs d'After Eight avaient enfin renoncé à mentir. Comme le vieillard avant eux, la population avait compris que mieux valait vivre, penser, rêver chocolat. Il n'y avait même plus de disputes, de querelles d'ivrognes dans les cafés, car on n'y consommait plus d'alcool ; même les bars étaient chocolatés ! Plus surprenant encore, les animaux avaient pris exemple sur les humains. Dans les champs, les poulains gambadaient avec entrain pendant que, près d'eux, les marmottes emballaient leurs plaques Milka dans du papier alu ; les écureuils se tenaient au bord des chemins, tendant leurs petites pattes pleines de noisettes en suppliant qu'on veuille bien les enrober. En fait, les plus malheureux étaient les chiens, car, comme chacun sait, pour eux le chocolat est un réel danger, le comble de l'injustice lorsqu'on sait que la nature les a dotés d'une truffe.

Bien sûr, les pâtissiers avaient flairé la bonne affaire, ayant compris qu'il leur fallait faire preuve d'inventivité dans l'élaboration de leurs desserts. C'est ainsi qu'ils créèrent des monuments en chocolat, la Tour Eiffel, l'Arc de Triomphe, Notre Dame et ses cloches et même la statue de la Liberté, en imaginant, le sourire aux lèvres, le bonheur que ressentiraient les gourmands à croquer la liberté à pleines dents. Ils façonnèrent aussi des tas d'animaux, des poules et leurs œufs, des lapins, des ours, des coqs ; bonjour veau, vache, cochon, couvée dirait sûrement Perrette. Toutes ces pâtisseries, ces gourmandises et ces sujets en chocolat contribuaient à dessiner les contours d'un bonheur quasi parfait. Mais malheureusement, ce temps de grâce n'allait pas durer, ces sublimes images allaient se révéler fugaces, sans que quiconque en fût responsable. Un grain de sable allait s'immiscer dans cette belle mécanique et en condamner le fonctionnement. Les convertis au chocolat n'avaient pas anticipé le dérèglement climatique qui allait très vite frapper toute la région et provoquer le cataclysme que fut la fonte des plaques de chocolat achetées en trop grand nombre par les villageois. La matière merveilleuse commença à déborder des emballages avant de couler le long des étagères, traverser les pièces des maisons, passer sous les portes, envahir les jardins puis grossir le petit ru malingre qui traversait le village et se transforma bien vite en un torrent impétueux alimenté par des coulées de chocolat noir, blanc ou au lait, qui se fondaient entre elles sous le regard incrédule des humains qui prirent conscience alors qu'ils étaient bien incapables d'atteindre une telle harmonie.

À partir de ce moment, tout ne fut plus que désordre et chaos. Les enfants qui jouaient aux billes avaient les doigts qui collaient, les mendiants cherchaient désespérément des pépites, les financiers étaient au bord de la faillite, les amateurs de Bounty étaient révoltés, les cookies ne trouvaient plus d'ordinateurs, les cerises enrobées ne pouvaient même plus embrasser leur chéri, les sucettes n'intéressaient plus Annie, les lapins étaient posés. Dans les magasins de vêtements, on ne voyait plus de glaces et sur le port, les capitaines des bateaux se lamentaient de ne plus trouver de mousse.

Nous sommes le seize décembre 2005. Il y eut tout à coup un grand bruit de fauteuils qui se replient et les lumières se rallumèrent. Célestine se réveilla en sursaut, émergeant avec difficultés de ce cauchemar, et pesta en se rendant compte qu'elle venait de manquer « Charlie et la chocolaterie ». Elle avait raté la prestation de Johnny Depp dans le rôle de Willy Wonka, loupé aussi Augustus recouvert de chocolat et Violette toute bleue. Elle fut la dernière à quitter la salle de cinéma, d'abord très affectée puis tentant de se convaincre que, si elle s'était endormie aussi facilement, c'est que ce film devait être de la guimauve.

Le lendemain matin, après avoir vidé les étagères et nettoyé le magasin, Célestine a clos les volets du commerce qu'elle venait de céder, et en a fermé la porte à clé en le quittant. Elle s'apprêtait à traverser la rue quand, du bord du trottoir, elle a levé les yeux vers le ciel et s'est aperçue qu'il avait pris comme une couleur chocolat… mais bleu pâle.

Changement de cap
Lucie Duranton

Il fait sombre, dans l'aquarium.

Je suis assise juste là, à l'orée de moi. La vitre se dissout dans l'eau, l'onde court à mes pieds, mais je respire toujours. Des mioches jacassent dans mes oreilles. Ils tournoient près de mon banc sans me voir, et je les laisse faire, car je ne les vois plus non plus. Je suis au bord de mon esprit, quelque part entre le vide et le trop-plein. Les poissons défilent, indifférents à tout. Des Hommes, ils en ont vu passer. Le spectacle ne les intéresse plus. Ils se sont retirés, eux aussi, si près du bord qu'ils y ont échoué. J'aimerais savoir à quoi ressemble ce rivage, celui que l'on n'aborde qu'une seule fois dans sa vie, et où les amarres s'attachent à perpétuelle demeure.

Je me lève. Un mioche me marche sur le pied, mais il ne s'excuse pas. Sans doute ne m'a-t-il pas vue, lui non plus. Je ne lui en veux pas. Je ne lui en veux plus. L'aquarium est infesté de mômes bien plus que de poissons, à se demander de quel côté de la vitre se trouve la scène. Je m'avance. J'entends le glouglou incessant de l'eau, je sens sa caresse sur mes chevilles, le va-et-vient de son souffle. Elle respire. Là-bas, près d'un monticule de coraux, un geyser de bulles capture la lumière et la restitue en diamants. Chaque éclat s'imprime dans ma rétine, et je me réinvente un instant. Égérie pompeuse, adulée de tous, j'ai hissé la gloire à ma proue. Je suis criblée de flashs et d'églogues passionnées, mais je ne m'en protège même pas. Bien au contraire, je m'en délecte.

Les poissons se sont arrêtés de nager. Ils m'observent de leurs grands yeux en ondulant de la queue. Leurs écailles miroitent sous les spots, elles diluent leurs couleurs criardes dans la pénombre de l'eau. Un peu plus loin, un requin m'épie de toutes ses dents. Une murène sort la tête de son trou, la gueule béante. Couchée au fond du bassin, une raie fait onduler ses nageoires et s'extirpe du sable pour mieux m'admirer. Tous n'ont plus d'yeux que pour moi. J'ai capté leur attention, et même si ce n'était pas mon intention, j'en suis tout émue. Enfin, l'on m'accorde l'importance que je mérite. Je prends la pose et, sous la risée des gosses dans mon dos, lâche mon Égo. Depuis tout ce temps, je Le pensais usé jusqu'à la corde, mais Le voilà qui bondit comme un fou autour de moi. Tous les regards convergent sur Lui. Celui des poissons, celui des mômes, et le mien.

Qu'ai-je fait ? Moi que le silence et l'apathie révèrent, me voilà prisonnière d'un moi hurlant, si dérouté qu'il se cramponne à mon cou et m'étrangle. Comme je me débats, il panique, pivote à demi et décoche une ruade qui me désarçonne. Trahison ! Je suis touchée en plein cœur. Je me relève juste à temps pour le voir s'enfuir à bride abattue en direction du requin. Que ne l'ai-je ligoté ? Impuissante, je pèse de tout mon poids contre la vitre, mais mon corps est encore bien trop vivant : inlassablement, il fait barrage à mon trépas. Mon esprit voudrait sombrer, rejoindre mon Égo, mais si à chaque épreuve la digue de chair laisse passer un échantillon de vie, jamais elle ne se rompt.

Le requin n'a fait qu'une seule bouchée de mon Égo. Mon sang nimbe encore son cuir de volutes fragiles, mais la mer s'empresse de venir les laper. Mon bateau n'a plus ni cap ni capitaine. Accablée, j'appuie mon front contre ma peine et implore mon prédateur. Qui suis-je sans moi ? Comme je me lamente, l'onde qui court à mes pieds m'invite à toucher le fond. Je ne peux pas passer du côté de l'ombre, mais l'ombre peut passer du mien. Très vite, alors que la vitre de l'aquarium est intacte, l'eau monte et me glace. Je ne sais plus, ni où, ni qui je suis. En ou hors de moi ? Un enfant ou un poisson ? La tasse est salée, mais pas infecte. Ce sont mes larmes que je bois. Les mômes ont dû se noyer dedans, car je ne les entends plus. Un jour, peut-être, ai-je appris à nager, mais je ne sais plus. Une vague m'emporte, et me voilà aspirée par le néant, sous le regard aiguisé du requin. Son joug m'écrase, mais il ne me fait plus peur. Repu, il a perdu son air menaçant.

*

J'ose un dernier regard par-dessus mon épaule. Je suis toujours là, derrière la vitre, mais je ne me reconnais pas. Le corps ne peut être ailleurs que dans l'instant présent.

Pourquoi suis-je donc ici et là-bas, à pleurer un moi qui ne m'aimait pas ? Les mioches cabriolent, chacun clame à qui mieux mieux son droit d'exister. Débarrassée de mon moi tumoral, je les vois à nouveau. Ma peine les indiffère ; plus encore, je constate qu'elle ne les a pas tués. J'ai toujours cru que ma vie apitoierait le monde, et que ma mort l'entraînerait plus bas que terre, mais il faut bien se rendre à l'évidence : je ne suis pas plus méritante qu'un autre. Je voulais briller, j'ai brûlé. Ces larmes qui me sabordent sont là pour m'apaiser. Pourquoi attendre toute une vie de recevoir quand on peut donner de soi à chaque instant ? Cette révélation m'ôte un fardeau des épaules, mais la joie en jette un tout nouveau. Quel est ce sentiment étrange, qui m'écrase et me coule ? Je ne me suis jamais préparée au Bonheur.

Cette liberté soudaine pourrait bien me mener au chaos, mais, en bon marin, je redresse aussitôt la barre. Un tour de roue, et mon regard depuis toujours braqué sur moi embrasse l'univers. Je vois ces mômes, si près de moi. Ils étaient là avant moi, et ils me survivront, parce qu'ainsi va notre ère. Tout à coup, je me prends d'affection pour ce peuple d'innocents, où les rides des uns excusent la Jouvence des autres. Je me sens une parmi des milliards, ni plus, ni moins. Tous ceux-là me pardonneront-ils un jour de m'être érigée en maître ? Qu'importent les masques, qu'importent les apparences, souffrance et liesse nivellent nos vies, car nous sommes tous des enfants.

Je coule, encore et toujours, mais comme j'avise le fond du bassin, voilà qu'il m'apparaît sous un jour nouveau. Un à un, je déploie mes membres, attends que mes pieds touchent le sol et prends mon envol. L'onde me soulève comme un volcan, bien plus haut qu'à mon apogée.

Ohé ! Matelots ! Qu'importe la houle, hissez la Grand-Voile !

Gris
Shanour Kargayan

J'suis pas né dans un château, ça non. Pas un aristo de mes deux, juste un enfant d'salaud. Enfin, ça j'en sais rien en vrai. Il était p'tet sympa le paternel, n'empêche qu'il s'est jamais soucié de nous autres. Les couilles vides qu'il est r'parti. Ma mère, elle a bien galéré avec ses six chatons, piailleurs, chialeurs. J'comprends qu'elle ait pas été très aimante. J'avais même pas trois mois quand elle s'est barrée, elle aussi. Je me suis retrouvé chef de ce troupeau, étant l'aîné de la famille. Ça m'a vite gonflé. Notre plan, c'était de se séparer, de se rendre près des foyers et d'miauler un bon coup en espérant attirer le chaland. J'en ai trouvé un, moi, de chaland. Une vieille femme solitaire, qu'attendait plus rien de la vie. Sûr que je lui ai r'donné du baume au cœur. En tout cas, j'aime bien l'croire. Vous m'auriez vu à l'époque, mignon comme j'étais. Je tenais dans sa main à la vieille. Je manquais de rien. La bouffe était pas bonne, mais au moins j'en avais, et à foison. Alors j'ai bien grandi, prêt à affronter la vie. Puis elle est morte. J'avais plus personne pour me gratter, personne pour me parler. J'avais surtout plus d'bouffe. J'avais pas d'autre objectif, sinon celui d'me retrouver un foyer. À l'époque, j'étais prêt à m'accommoder du pire logeur, tant qu'il me laissait pieuter chez lui. Donc j'ai marché, marché, marché. J'ai beaucoup dormi aussi. J'mangeais plus beaucoup. Et un beau jour, j'suis arrivé à Paris.

J'suis p'tit, j'suis gris, mais j'en veux ! Paris, je veux la conquérir ! J'vous parle de ça, c'était y a une quinzaine d'années maintenant. J'ai bien changé, ma foi. J'suis toujours gris, c'est p'tet à ça qu'on m'reconnaît. Paris, j'la connais bien. Sur le bout des coussinets, j'dirais. Je sais pas si je l'ai conquis, j'crois plutôt que, très vite, l'envie m'est passée. J'ai créché chez tous types de Parisiens : l'étudiant en manque d'affection ; le jeune cadre, dynamique, mais sous antidépresseur ; la cinquantenaire paumée, toujours une clope au bec ; le partouzard bisexuel ; le boomer collé à sa télé du matin au soir… Y en a deux ou trois dans l'tas qui se sont butés. Finalement, j'ai préféré la vie de bohème.

Le vagabondage, y a qu'ça de vrai ! Quand je pense aux cousins, tournant en rond dans leur appartement de vingt mètres carrés, faisant l'aller-retour entre la cuisine — quand on daigne bien les satisfaire — et leur minuscule panier. Bah quand j'y pense, ça m'fout la nausée. Et croyez-moi, j'y pense souvent. Tenez, pas plus tard que c'matin, je me suis réveillé sur le toit d'une petite bicoque dans le quinzième. Le vent me caressait les poils, le soleil me chauffait l'gras, juste ce qu'il faut. J'étais bien, mais j'pouvais pas m'empêcher d'avoir une pensée pour Ricky, le vieux matou d'à-côté. Ça fait bientôt vingt piges qu'il squatte chez ses maîtres. « Les fenêtres sont toujours ouvertes, pourquoi tu restes ? » que j'lui dis. Mais lui, il me répond que c'est chez lui, qu'il s'y est habitué. Drôle de chat, ce Ricky. S'habituer à la prison ? Ah, j'vous jure que ça me déprime. « Chez lui », non, mais vous l'entendez ! J'ai pas ces problèmes-là. Chez moi, c'est Paris ! Le grand air, c'est tout ce qu'il faut à un chat. « La liberté, c'est savoir reconnaître ce qui est nécessaire ». Oh, c'est pas de moi, c'est Engels qui l'a dit. Mais j'aime à penser que j'suis de ces greffiers qui réfléchissent. La liberté, ça m'inspire. Enfin bon, j'y ai pensé cinq minutes et j'suis parti bouffer.

À Paris, on manque de rien. Celui qui dit l'contraire, il est pas très fute-fute. Je traverse la rue et j'lui trouve un gueuleton, moi. Et attention, j'vous parle pas de croquettes dégueulasses pour chat cacochyme. Non, non, moi j'vous parle de gastronomie. Ce bien-manger qu'on trouve qu'à Paris. Bien sûr, faut savoir où chercher. Ouais, y a clairement pas grand intérêt à faire les poubelles d'un kebab. C'est comme la mauvaise herbe ces trucs, ça se répand à une vitesse ! Heureusement, je connais les bonnes adresses, et elles manquent pas dans notre capitale. Chaque lundi, je passe ma matinée à sélectionner les établissements qui feront mon bonheur de la semaine. Ça vous intéresse ? D'habitude, je rechigne un peu à donner mes bons plans, mais pour vous, j'peux bien faire une exception. Vous pouvez m'faire confiance sur la qualité, j'ai le palais bien exercé. Mercredi soir, j'irai au Procope ; eh bien, venez avec moi. On se postera à l'arrière du bâtiment et on attendra l'employé préposé à la sortie des poubelles. On se prend les restes les plus appétissants et on décarre. C'est aussi simple que ça !

On est libre, on s'en met plein la panse, mais c'est pas les seuls avantages à vivre dehors. Ben oui, y a l'amour aussi ! Vous y pensez à l'amour ? Ah c'est sûr que quand on est castré, c'est plus difficile d'y penser. J'dis pas que c'est impossible hein, j'dis juste que ça rend la tâche plus compliquée. Ça m'fait toujours un peu d'peine, mais c'est pas plus mal. Une minette en chaleur, ça a b'soin d'assouvir ses envies. Si la moitié des mâles du quartier n'ont plus d'quoi satisfaire ces dames, faut bien que les autres fassent le boulot. Je rechigne pas à la tâche, j'y vais même de bon cœur. Je les entends miauler comme des folles, le bassin qui part dans tous les sens. Alors je vais, je cours, je vole comme dirait l'autre. Je fais vite et je soulage la p'tite. Je fais attention, je donne même des preuves d'affection. J'suis pas non plus Casanova, mais j'fais de mon mieux pour lui faire passer un bon moment. Ce que je fais généralement, c'est qu'après notre petite affaire, je l'emmène dans un quartier un peu chicos. De là, on grimpe, on s'balade sur les toits. Je cherche toujours le meilleur point de vue. J'veux qu'elle puisse voir la ville, j'veux qu'elle puisse voir la Lune. J'trouve ça romantique.

Dans ces moments-là, je pense encore à ces chats d'intérieur. J'pense à Ricky, à tout ce qu'il rate en restant dans son trou. Moi, pour rien au monde, quand bien même j'devrais crever salement, pour rien au monde, j'échangerais ma vie avec la leur. J'ai toujours ma belle sous l'bras. Parfois, j'vois débarquer ses mômes, mais c'est pas grave, le moment reste beau. J'me dis même que ça doit pas être désagréable, la vie de famille. Puis j'me dis que c'est pas fait pour moi, j'lui dis à demain en sachant que j'la reverrai pas, et je m'en vais.

La journée, faut bien s'occuper. Je flâne un peu dans les bas quartiers, j'me fais désirer auprès des passants, j'intimide les p'tits nouveaux. Ici, tout le monde me connaît. Faut dire qu'un chat des rues, ça dépasse rarement la dizaine d'années. J'suis devenu le taulier, par défaut. Forcément, on vient m'emmerder, me poser des questions, me d'mander des conseils. Ça procure aussi quelques avantages. Chez les bourgeois, j'connais quelques grippeminauds qui seraient prêts à m'apporter leur gamelle, toute remplie, si je venais toquer à leur fenêtre. Ils me doivent bien ça. Combien j'ai vu de chatons, malades, sales, à traîner dans les rues, abandonnés parce que plus laids que leurs frères et sœurs. Combien j'en ai placé, combien j'en ai nourri, combien j'en ai aidé. Seraient pas nombreux à s'en être sortis sans moi. Ça vaut bien une pâtée. Bien sûr, j'peux pas sauver tout le monde. J'suis pas un sentimental, mais de voir un gosse se faire écraser d'vant ses yeux, c'est jamais drôle. Puis c'est souvent à moi qu'on d'mande d'aller l'annoncer à la maman. On assume son rôle, ou on ne l'assume pas. Dans ces cas-là, rien de tel qu'une p'tite lapée de whisky. Je prends mon courage à deux patounes et j'y vais, j'dis tout, sans rien cacher. N'empêche que moi, de voir pleurer la maman, ça m'fait toujours quelque chose.

C'est comme ça que j'ai rencontré Marlène. J'pensais qu'il était à elle le p'tit Ben. Elle avait pas d'autres chatons alors j'étais mal d'avoir à lui annoncer le drame. Heureusement, mes infos étaient pas bonnes. Elle avait bien eu un gosse Marlène, mais quand elle a accouché, ses maîtres se sont empressés de se débarrasser du p'tit et de stériliser la mère. Elle s'est vite enfuie de cette famille, sans jamais savoir ce qu'était devenu le bébé. De toute façon, elle était pas faite pour être mère. Ça, c'est ce qu'elle me disait, mais en y repensant, j'aurais bien aimé, moi, avoir une Marlène comme maman. On a sympathisé, avec Marlène. Elle avait presque mon âge, mais c'tait encore une belle minette, toute blanche, et j'avoue avoir été jaloux plus d'une fois. Le bruit s'est vite répandu qu'elle était ma compagne, donc les autres matous ont lâché l'affaire. J'sais pas vraiment si elle était ma compagne, mais j'l'aimais bien, Marlène. Elle pouvait plus avoir d'enfants alors on s'en donnait à cœur joie. J'ai même arrêté pendant un temps d'fricoter avec d'autres chattes. J'en avais plus envie. Elle me suffisait.

Ça a duré deux ans. On était devenus inséparables. On mangeait ensemble, on dormait ensemble, on s'moquait des autres ensemble. Tous ces trucs que j'pouvais faire tout seul, mais que j'préférais faire avec Marlène. On s'marrait bien tous les deux. Moi, j'étais déjà un peu bouffi alors quand elle s'est mise à prendre du poids, ça m'a pas trop dérangé. Elle attirait de moins en moins les regards, sa démarche se faisait moins sensuelle. Ça m'allait.

Ouais, j'l'aimais bien, Marlène. Parfois, elle se sentait pas très bien. J'la laissais reposer et j'allais nous trouver de quoi bouffer pour plusieurs jours, au cas où ça passerait pas. C'est jamais passé. Y a eu du mieux, mais j'ai compris c'qui s'passait quand elle a commencé à cracher du sang. Cancer de la gorge. Marlène, elle avait sa fierté. Ça la dégoûtait que j'puisse la voir comme ça, sanguinolente et prostrée dans son coin. Ça gonflait, ça dégoulinait, mais elle continuait à prétendre que tout allait bien. Alors j'ai fait semblant. On a tous les deux fait semblant. Je savais bien qu'elle souffrait terriblement et elle savait bien que j'pleurais en cachette. Plusieurs fois, j'ai voulu lui en parler, mais j'ai tenu bon. Jusqu'au bout. J'espère quand même qu'elle savait à quel point j'l'aimais bien, Marlène.

On meurt tous un jour. J'ai pas vraiment envie que ce jour arrive, mais faudra bien y passer. J'commence à y réfléchir. J'suis pas malade hein, c'est juste que j'me fais vieux. Comment j'veux mourir ? C'est une question que j'me pose. Des chats crevés, j'en ai vu des milliers, mais aucun qui me paraissait digne au moment d'rendre son dernier soupir. À part Marlène, peut-être. Mais j'veux pas souffrir autant qu'elle. Et puis j'ai pas de Gris, moi, pour me regarder agoniser dignement. C'est nul. Y a le suicide. J'y avais jamais songé auparavant, et je l'envisage pas tellement plus aujourd'hui. Non pas que l'idée d'faire chier tout le monde en m'jetant sous les roues d'une voiture ne m'plaise pas, mais ça paraît trop douloureux. J'pourrais rater mon coup. Faudrait que ma mort serve à quelque chose. Faire une dernière bonne action, quoi. C'est pas dans mes habitudes alors je sèche un peu…

J'ai trouvé ! Je vais partir à la recherche du fils de Marlène ! Y a des chances qu'il soit déjà crevé, mais ça vaudrait la peine d'aller vérifier. Voir ce qu'il est devenu, s'il est possible de l'aider. Puis ça m'ferait plaisir de voir sa bouille. Lui ressemble p'tet. Marlène, elle a grandi en banlieue, non loin de Paris. La banlieue, j'y étais pas retourné depuis que je l'avais quittée, tout gamin. Elle me manque pas, mais j'y vais quand même, pour le p'tit. Alfortville, c'est le nom de son bled. C'est vraiment pas loin, mais mon corps fatigué se lamente à chaque pas. Allez, vieux matou ! Encore un effort, Parisien ! Les chats errants, c'est pas ça qui manque par ici. Je leur demande mon ch'min : « Je cherche le fils de Marlène. Un chat blanc, huit ou neuf ans environ ». Ils en savent rien, mais me conseillent d'aller r'garder du côté d'un vieil immeuble abandonné. Je m'y rends. Aucune moustache à l'horizon. J'explore un peu le bâtiment, j'me tape les cinq étages, en vain. Je m'apprête à r'descendre quand un bruit sourd me fait tendre l'oreille. Au fond de la pièce, un truc qui bouge. Je m'approche, et quel bond je fais quand j'vois se lever un homme, entièrement nu. Le clochard tourne la tête, me fixe pendant deux ou trois secondes avant de courir dans ma direction. Il gueule en plus, le con. Panique ! Pas l'temps de réfléchir, je fonce vers la première issue… J'aurais aimé avoir le temps de réfléchir. Fenêtre, cinquième étage. Je saigne. Un croc cassé, peut-être deux. Une patte brisée, la queue également. Pas top pour l'équilibre. Faire une pause, vite. Ouf ! Une décharge publique, pas loin, à l'abri des regards. Faites qu'il n'y ait pas d'autres clodos. J'me terre sous un cadavre de voiture. J'ai pas oublié le p'tit, j'fais juste une pause. Une longue pause.

J'me réveille quelques heures plus tard. J'ai mal. Partout. J'entends des miaulements, tout proches. Je sors difficilement de sous la voiture, j'regarde un peu partout, sans rien trouver. J'entends toujours les piaillements, je les suis. J'arrive à un grand carton. Deux chatons à l'intérieur. Trop petits pour que l'un d'eux soit celui que je cherche.

« T'es qui toi ? » Je m'retourne. Failli m'évanouir. Une beauté… Blanche, comme Marlène, belle, comme elle. À son odeur, je reconnais qu'elle est la mère des chatons. « Je m'appelle Gris, je cherche le fils de Marlène. Elle a habité ici pendant plusieurs années ». Elle me regarde, me dévisage, et m'dit :

« Vous êtes pas en très bon état… Vous devriez pas vous balader comme ça, à votre âge… ». Un autre chat fait son apparition, au sommet d'un monticule d'ordures. Elle reprend : « Je connais Marlène. Elle doit avoir votre âge maintenant, mais je ne sais pas ce qu'elle est devenue ».

Elle connaît Marlène ! « Par contre, je peux vous dire où trouver son enfant ». J'suis comme un fou ! Il est vivant, le p'tit. « Où est-il ? » que j'demande. « Devant vous » qu'elle répond. Devant vous ? Merde, qu'est-ce que tu peux être con, Gris. C'est pas un chat qu'elle a eu, mais une chatte ! Elle a l'air bien portante. Aussi belle que sa mère. « Voilà ! Je ne sais pas pourquoi vous me cherchiez, mais j'ai à faire, m'voyez ». Toute fière, elle me montre de la tête le beau mâle sur les ordures. Son mâle. « Et eux ? » que j'fais, en montrant le carton. Elle détourne le regard, et sans un mot, s'en va rejoindre son amant. Ils s'en vont. Marlène. Sa fille. Ma mère. Elles s'en vont. Toutes. Impossible de leur en vouloir pourtant. La vie d'un chat, c'est jouir. Manger, dormir, baiser, puis recommencer. Et les gosses dans tout ça ?

Paris me manque. Je n'la reverrai jamais. Trop loin, désormais. Cette décharge n'est pas si mal. J'espérais mieux, c'est vrai, mais au moins, j'suis plus seul. Avec quelle peine, je monte dans ce carton. Ils ne pleurent plus. La voilà, ma bonne action. Là, j'attendrai.

Taille Mannequin
Marine Firmin

Il est tôt. Dans le métro, j'ai pris deux sièges, ça les a encore rendus dingues. À mes pieds la rue descend, fraîche et lavée. Quand j'immerge mon regard dans le miroir coulant du caniveau, je marche sur le ciel. C'est amusant, ce vertige. J'en perds l'équilibre et patauge dans un nuage.

Désarmant l'alarme de l'étude, je pénètre dans la vaste pièce. Les postes de mes collègues sont disposés en arc de cercle. Le mien leur fait face et les surplombe, un peu comme le bureau d'une maîtresse d'école. Simone, la vieille peau qui dirige le cabinet, me garde parce que j'ai une belle voix, la seule chose que je n'ai pas réussi à modifier. Mon physique n'est plus celui de la charmante hôtesse d'accueil qu'on pourrait s'attendre à rencontrer dans cet espace branché où viennent trouver secours des hommes et des femmes qui se battent pour se séparer ou pour hériter.

Je fais le tour de chaque bureau, c'est mon rituel matinal. Je ne fouille jamais, je regarde. Les choses ont un langage qu'il faut savoir capter. Quand on y parvient, c'est sur les gens qu'on a une longueur d'avance. J'ai quitté la course depuis longtemps, mais je garde le goût du secret. J'en suis un, moi-même, énigme incarnée, toute de chair couverte.

Quand ils seront tous le nez enfoui dans leur écran, je pourrai me cacher derrière le mien et admirer le toit d'en face par la fenêtre qui donne sur la cour. Je passe des matinées, des après-midi entiers rivée à cette façade. Des haïkus surgissent, des bouts de poèmes. Mais je ne les écris jamais. Je ne laisserai aucune trace derrière moi.

En paix dans mon écrin-pneumatique, je me réjouis d'un rien. J'observe le balancement des pigeons qui se disputent des miettes dans une mare de soleil, je prédis l'arrivée de la pluie et j'admire la venue de la nuit. Comme un laurier-rose dont les feuilles, arrachées, sont vénéneuses, je m'ancre dans n'importe quel paysage.

J'aime aussi jouer à me projeter sous une autre peau, à un autre âge, dans un autre lieu. Je me glisse dans leurs organismes, je ressens les températures et odeurs de leurs environnements, j'entends leurs pensées. Est-ce un hasard, si nous nous incarnons à tel endroit, sous tel visage et dans telle enveloppe ?

Le pas léger de Marie se rapproche, elle entre. Elle ne me regarde jamais en face, mais par moments, j'ai l'impression qu'elle voit à travers ma carapace. Il y a des regards qui s'arrêtent au-dehors : ils détaillent, jaugent et jugent. Ce sont les plus courants. Il y en a d'autres qui vous dépècent, vous sondent et s'abîment en vous.

Marie est la moins jolie de mes collègues, mais c'est la plus belle. Les deux autres sont des pestes qui oscillent entre insécurité et excès de confiance. Elles arrivent peu après, Roxane et Justine. Dès le matin, leurs bavardages incessants sur la couleur d'un vernis ou sur leur dernière robe chinée m'usent et m'empêchent de rêver. Heureusement, j'ai appris à poser des filtres mentaux comme physiques.

Le seul garçon de cette basse-cour, le beau Romain, pousse parfois un soupir de martyr et lâche de sa voix de contrebasse : « Les nanas, j'aimerais bien pouvoir me concentrer ». Roxane hausse les épaules avec mépris. Justine s'excuse et passe sa main dans ses longs cheveux blonds, destinant à Romain un sourire qu'elle croit désarmant. Magnanime, Romain découvre ses crocs pour elle. Roxane lance un regard furieux à Justine.

Ils retournent à leurs lois, à leurs plaintes et à leurs preuves.

Marie ne bronche jamais. Je lui envie sa capacité à se muer en plante verte, à faire partie des meubles en étant juste elle-même. Si un bon génie m'avait accordé un souhait, j'aurais sans hésiter demandé l'invisibilité.

J'ai choisi de déborder à défaut de disparaître et d'ensevelir plutôt que d'effacer. Pour vivre heureuse, de vivre enfouie.

Pendant que certains s'épuisent chaque soir dans leur salle de sport, je fais des razzias dans les rayons du supermarché. Une légère baisse de mon poids pachyderme, et c'est l'angoisse. Ces jours-là, je les passe à mastiquer ce que l'on vend légalement de plus gras et de plus sucré.

Je n'ai jamais mal au cœur. On ne mange pas avec son cœur. Ou le mien est ailleurs, égaré depuis longtemps.

Je commande mes vêtements en ligne, taillés spécialement pour celles qui l'ont perdue depuis longtemps ou, bienheureuses, ne l'ont jamais eue. Je choisis les coloris les plus chatoyants. Stratégie militaire : plus c'est criant, moins on y voit clair.

Mes cils sont longs, je les coupe donc régulièrement. Un coup de ciseau, pas de mascara, juste quatre traits noirs et épais, fini les yeux de bêcheuse. Des lentilles marron foncé recouvrent en permanence mes iris bleu lagon. Je suis la seule cliente à acheter cette couleur, m'a confié l'opticien. Encore la preuve qu'ils ne veulent pas comprendre que la beauté réside dans la nature du regard et pas dans la couleur des yeux.

Dans la rue ou dans le métro, passée la surprise et la circonspection, les gens avancent et oublient. Quelle est la frontière entre la prévenance et la cécité ? Il y a ceux qui remarquent et ne disent rien, par délicatesse. Et ceux qui ne voient rien, car ils ne voient qu'eux-mêmes. Témoin du pire, l'indifférence, j'assiste chaque jour à leur brutalité silencieuse.

La conscience du regard de l'autre paralyse, emprisonne et finit par blesser. Mais en face de la laideur, on se sent libre. On se moque d'être jugé par plus moche que soi.

De ma planque, en retour, je poursuis la lumière qui fuse des visages.

Simone est à Toulouse pour une audience. Les trois filles sont là, mais à onze heures, toujours aucun atome de Romain. À midi, je reçois un appel. C'est lui. Sa voix est cassée. « J'ai la grippe », articule-t-il. Je transmets aux autres. Roxane ricane : « La grippe ? Au mois de mai ? N'importe quoi ».

Romain était crédible, j'ai senti l'odeur de sa fièvre à travers le combiné. Je ne me fatigue pas à le défendre, je n'en ai rien à faire de leurs histoires. Surtout, j'ai appris qu'on ne lutte pas contre des gens comme Roxane pour qui il y a un temps pour tout et des règles pour rien.

Les jours suivants, Romain demeure absent. Un après-midi, Justine se lève et quitte l'étude, livide, après avoir écrit un message à Simone. Est-ce dû à une photo de Romain posant en belle compagnie sur les réseaux sociaux, ou est-ce la faute du climat, on ne sait pas.

Le lendemain, Justine m'écrit qu'elle a la grippe, elle aussi.

Le virtuel peut provoquer la contagion : à trop embrasser Romain dans ses songes, Justine a été contaminée par ses miasmes.

C'est idiot, le lendemain il fait son retour.

Il est 8h35, le ciel est noir, je suis toute de rose vêtue.

L'alarme de l'agence est déverrouillée, Marie l'a sans doute oubliée hier.

Une odeur éveille mes soupçons : l'eau de toilette de Romain sillonne le bureau. La femme de ménage est passée il y a peu de temps, le sol luit par endroits. Les grandes chaussures de Romain ont laissé des empreintes sales. J'entends l'eau couler dans la pièce des WC.

Cet imbécile me gâche mon plaisir matinal. Furieuse de m'être fait devancer, je vais m'asseoir devant mon PC. Il pouvait bien rester au lit une heure de plus s'il ne l'a pas quitté depuis trois jours. Raide comme une stèle, j'attends qu'il apparaisse.

Je l'entends toussoter, tourner le verrou et marcher dans le couloir. Il passe devant moi sans me voir, plongé dans ses pensées et visiblement affaibli. Il se dirige vers son bureau, capte alors ma présence et se tourne subitement dans ma direction. Dérapant sur le carrelage savonné, il s'étale.

Pendant quelques secondes, nous nous fixons, l'un et l'autre ahuris. Ses belles fesses sont plaquées au sol, je le domine de la hauteur de mon bureau. Une chose se brise dans ma gorge et me terrasse : un rire monstrueux, un rire pire que tous les tonnerres des cieux. Mes bourrelets se secouent, tout mon corps se marre. Je suis coincée à l'intérieur. Toujours à terre, Romain me fixe, médusé.

Au ralenti, il se relève. Il n'a pas l'air vexé, ni de s'être fait mal. Son expression est autre. Je n'aime pas cela, ça n'augure rien de bien. Ravalant un dernier éclat, j'essuie mes larmes et maintiens le regard. Dans celui de Romain une flamme victorieuse s'irise.

Sans un mot, il me tourne le dos et va s'asseoir. De temps en temps, il lorgne dans ma direction comme pour vérifier que c'est toujours là, qu'il n'a pas halluciné. Je résiste à l'envie de me ruer devant le miroir des toilettes. Mais non, ce serait me trahir.

Marie arrive, murmure un bonjour en regardant ses pieds et pose ses affaires à son poste. Puis, sans s'étonner ni se réjouir de son retour, elle s'assied à côté de Romain pour l'informer de l'avancée des dossiers. J'ai toujours plaqué une image de coq sur cet homme. Comme si une coquille s'était fissurée pour révéler une autre vérité, je me surprends à admirer son attention, douce et vive. Troublée, je me tourne vers la fenêtre et redeviens un innocent arbuste.

Autrefois, ce qui pour moi rugissait ou simplement détonnait ne semblait revêtir aucune importance pour la plupart des gens. Ils m'accusaient d'inventer ce qu'eux-mêmes ne percevaient pas. Ça leur permettait de se venger de ma supériorité physique en me renvoyant à ma faiblesse affective. Que s'est-il passé entre Romain et moi ce matin ? Une sirène braille sans discontinuer dans ma poitrine. Cela faisait dix ans qu'elle s'était tue.

Roxane fait irruption, s'arrête net, et me toise. Pétrifiée, je lui demande ce qu'il y a. Roxane se moque : « Très sympas les lentilles bleues, mais tu en as perdu une ». Elle va s'asseoir, me plaignant intérieurement : pas la peine de tricher quand on a un physique comme le mien.

Je me précipite dans les toilettes aussi vite que mon poids le permet. Au lieu de remplacer la lentille brune tombée, j'enlève la seconde et retourne à mon poste. Dans mes yeux uniformément bleus, Roxane croit décrypter de la honte, mais c'est de la peur. Romain s'est tourné vers moi. Il sourit, ironique.

Il a saisi, lui, le vrai du faux.

Il suffit d'une fausse note pour douter d'un prodige. D'un mensonge pour briser des années de confiance. De démasquer un œil pour déshabiller le corps entier. D'une lézarde pour s'engouffrer dans l'édifice. Les gens ne pardonnent pas la faille, ils veulent vérifier, ils veulent creuser. Quitte à prêcher le faux pour avoir le vrai. Le défaut, chez l'autre, les rassure. Quand c'est beau, ils supposent que c'est faux, que c'est trop beau pour être vrai. Car le vrai n'est jamais si beau. En s'arrêtant à mes formes, ils ont miné mon fonds. J'ai mûri importunée : auscultée, scannée, évaluée, comparée, pénétrée, perforée, envahie. Jamais seule, toujours sollicitée, jamais en paix, toujours tendue hors de moi-même. Exténuée par leur désir de m'atteindre. Ou de me porter atteinte.

Des fleurs ou des pierres en pâture, jamais l'amour, jamais l'empathie. Fascination ou contemplation, mais ni pont, ni jonction. Représentant un danger, j'ai compris que je n'aurai jamais d'amie. Reléguée au statut de trophée, j'ai su que je n'aurai pas de petit ami.

J'en ai pris mon parti, j'ai tout repris.

Je n'occupe plus qu'un siège dans le métro. L'espace s'est élargi, je passe entre des meubles que je contournais avant. Je suis gauche, je tombe, je n'ai plus de repères. Seulement des bleus sur les genoux et sur les mollets, à ces endroits de mon corps où la graisse chaque jour s'affine. Je perds davantage que des kilos : c'est délectable et angoissant. Je n'ai plus de poison, je redeviens pétale.

Je ne vois que Romain qui chaque jour semble percer un voile de plus pour me voir telle que je suis. Jeux de regards, non-dits, échanges sourds et muets. Daphné, Daphné, à quel traître cèdes-tu tes lauriers ? Il les a tous effeuillés. Il en a fait des couronnes de roses rouges. À croire que les prénoms sont des mots prodiges qui nous prédestinent.

D'un trait, j'ai dessiné une phrase. Je l'ai signée et posée sur son bureau. J'ai osé. Cela fait cinq mois que je me dépouille.

Idole de marbre et de feu vissée à sa chaise, je sursaute dès qu'on ouvre la porte. Il arrive le dernier, me décoche une de nos habituelles œillades, et passe devant moi.

Il s'est assis, n'a pas vu le mot. Je l'ai glissé trop discrètement sous son clavier. Je crains qu'il ne le balaie en bougeant sa souris.

Une heure passe, caniculaire, et cette bombe qui n'explose pas puisque Romain ne la dégoupille pas. Mon agitation interne rivalise avec la température ambiante, je transpire. Romain va chercher une feuille à l'imprimante et retourne s'asseoir, remarquant enfin le bout de papier. Il lève la tête, me jette un regard en biais et s'assombrit.

Il feint de m'ignorer jusqu'au déjeuner. Marie n'a rien perdu de la scène et me contemple, hermétique. La réaction de Romain me dévaste. Il n'a plus besoin de me répondre, j'ai compris. Pas tout, mais l'essentiel. Et ce n'est pas glorieux.

À la pause, il murmure quelque chose à Marie, puis se dirige vers moi : « Tu viens ? ». Comme si nous déjeunions ensemble tous les jours. De ma gorge à mon bas ventre, une cascade se déverse en vagues brûlantes.

Dehors, la masse de chaleur nous accable et draine mon trouble. Je happe l'air, je peine à marcher droit. Romain passe son bras autour de mes épaules, sa peau est moite. Nulle équivoque permise : il me console.

Inconsolable de fait, je me mets à pleurer et me dégage de son étreinte. Romain ne fait plus aucun geste. Nous ne prononçons pas un mot jusqu'à la trattoria où il m'emmène.

Assise face à lui, je n'ai pas envie de l'embrasser, juste de le regarder des heures. De me baigner de son image comme du ciel qui berce les ardoises et que je néglige depuis que j'ai aperçu son vrai visage.

Les mots sont des scélérats quand ils disent le contraire des yeux. Dans ceux de Romain, il n'y a pas de désir, juste une tâche à accomplir, une tache à assainir. Alors, il me confie, Marie et lui, depuis le début.

Je revois en accéléré tous ces jours passés au cabinet, Marie, saine et sauvée par sa faculté à se faire oublier, à ne rien laisser couler, à ne rien montrer. Marie, préférée pour sa grâce ténue et pour sa banalité. Marie, à qui je tire ma révérence. Je me croyais maline, mais la plus démoniaque c'était elle. Et contre toutes, moi, je reste fair-play.

Mes larmes tombent sur ma pizza. Romain patiente gentiment. Il sait qu'on ne peut rien dans ces passages-là. J'échoue à avaler un seul morceau et pose mes couverts. Petit prince, Romain dit : « Raconte-moi ». Si je suis la renarde, c'est Marie la princesse. Pourquoi pas.

Romain m'écoute. Son regard pur comme un poème de Rilke est un réceptacle qui n'émet rien, mais reçoit tout.

Quand j'ai terminé, il est quinze heures. Romain paie l'addition, nous nous levons. Juste avant de sortir, il me prend dans ses bras. J'absorbe son parfum boisé.

Il rentre seul au bureau.

Je n'ai jamais remis les pieds dans le cabinet d'avocats de Simone. J'ai négocié une rupture conventionnelle. Je n'ai pas revu Romain.

En Suisse, dans une cure spéciale, j'ai réservé trois mois de séjour. Alimentée de tofu et de légumes, massée, palpée, pressée, roulée, j'ai terminé le travail pour retrouver ma forme initiale. J'ai évacué le gras, ainsi que mes sentiments pour Romain. Le personnel de la thalasso m'a félicitée.

Rentrée à Paris, je savais ce qui m'attendait. J'ai décidé d'en jouer.

D'un œil, j'écrasais les filles, de l'autre, je faisais décoller les hommes. Le temps qu'ils recouvrent la vue, j'avais disparu. Je ne laissais pas d'indices dans leur réalité. Juste une empreinte vivace, un rêve douloureux dans la brume de leurs esprits tortueux. Ils pouvaient bien aller se pendre, j'échappais à toutes les cordes sensibles.

Beauté sans conscience n'est que pitance pour les chiens qui la consomment, comme pour les chiennes qui la dénigrent. Conscience sans beauté s'avère parfois très efficace. Mais être belle, et en être avertie, c'est insoutenable. Même pour les cyniques, même pour les blasés.

Ce sont ceux-là que je visais en priorité. Je les déniaisais en leur redonnant l'envie d'avoir envie, cette expression de ringards, de coaches pour désespérés et de publicitaires affamés.

Un soir, j'ai croisé Romain à Saint-Germain, dans un bar de la rue Princesse. Il ne m'a pas remarquée, j'étais entourée de vautours. J'ai attendu qu'il sorte fumer et je l'ai suivi.

Lorsque je me suis approchée de lui, il m'a prise pour une belle étrangère. Quand il m'a reconnue, sa cigarette lui est tombée des mains. Nous avons échangé quelques mots, puis il a fait mine de retourner avec ses amis. Je l'ai retenu, m'agrippant à ses yeux. Pas besoin de formuler la question, il l'avait saisie.

Il a répondu : « Non, Daphné, ce n'est pas possible. Tu es trop… ». Il n'a pas fini sa phrase. J'ai crié : « Trop quoi ? ». Les gens qui fumaient se sont retournés. Romain a laissé passer un silence avant de prononcer ces trois derniers mots : « Trop. C'est tout ».

Il m'a tourné le dos pour rejoindre l'abri du bar comme s'il venait de réchapper à un fléau.

Aux grands maux, les grands moyens, dit-on. Puisque Romain m'avait jugée extrême, j'allais lui donner raison en franchissant un cap supplémentaire. Cette même nuit, je feignais une crise de démence et suppliais les urgences de Bichat de me prendre en charge. J'ai choisi cet hôpital pour son nom : son service psychiatrique s'appelle Maison Blanche.

Les fous ont une autre vision de la réalité. Pour eux, la beauté est ailleurs. Ils me laissent tranquille. Je simule un accès de délire de temps en temps pour qu'on me garde parmi eux. Les psys flanchent. Comme on ne doute pas de ma beauté, ils ne doutent pas de ma folie. Mais ils échouent à emprisonner ma maladie, donc mon esprit, sous une étiquette. Ça les rend dingues.

Pendant qu'ils se décarcassent sur mon cas, je déguste leurs plateaux-repas servis dans ma chambre jaune, plus que blanche, et je fume des cigarettes dans la cour. C'est royal. Rêver en paix, c'est tout ce que je demandais.

Ne vivons pas, rêvons heureux.

Cinquante mots
Thomas Lop Vip

Kevin, onze ans, ne récoltait en français que des zéros. Une fois, il eut 1/10, son record, son exception. Alors quand la maîtresse déposa sur le coin de son bureau la dernière dictée corrigée, marquée en haut à droite d'une bulle rouge, toute bien formée, il n'eut même pas un soupir de découragement. Il prit son feutre rouge et coloria le cercle : c'était devenu une habitude, la routine des soleils levants. La maîtresse eut un pincement au cœur et s'inquiéta pour l'enfant :
— Kevin, qu'est-ce que tu ressens face à cette note ?
Les vingt-trois autres élèves arrêtèrent leurs bavardages, pressentant une anomalie dans le cours habituel de la classe.
— Euh ? Rien…
— Rien ? Tu ressens forcément quelque chose.
Le garçon haussa les épaules. Rien de provoquant, ni même de dédaigneux, juste un geste spontané de résignation.
— Non, rien.
— Kevin, dis-nous quelque chose que tu sais et que personne d'autre dans cette classe ne sait ?
— Eh bien… Je sais… que j'suis nul.
Tous les gamins éclatèrent de rire. Kevin baissa les yeux, honteux, quoiqu'un peu fier que sa nullité amuse la galerie.

— Mais ça, on le sait tous ! se moqua le rouquin du premier rang.

— Doucement, reprit la maîtresse. Kevin, je suis certaine que tu sais quelque chose que personne ici n'imagine que tu sais !

— Que je sais quelque chose… que personne imagine que j'sais ?

— Absolument !

— J'crois pas, non…

— Mais si : tu parles japonais !

— Quoi, Kévin parle japonais ? s'étonnèrent en chœur les vingt-trois.

— Euh… Non, j'parle pas japonais.

— Combien de mots japonais penses-tu connaître ?

— Aucun…

— Pas un ?

— Non…

— Eh bien Kevin, moi je parie que tu en connais plus de cinquante !

— Plus de cinquante ? balbutia-t-il en devenant plus écarlate que son soleil colorié.

— Si Kevin connaît plus de cinquante mots japonais, moi je lui donne mon goûter ! siffla le gringalet près du radiateur.

— Et si Kevin n'y parvient pas, c'est lui qui te donnera son goûter, annonça la maîtresse sans demander l'aval du premier concerné.

— Mais… vous me piégez, là !

Les rires dans la classe redoublèrent.

— C'est parti, s'enthousiasma la maîtresse. Kevin, dis-nous un mot japonais.
— Mais Maîtresse…
— Tu es déjà allé au restaurant japonais ?
— Oui…
— Et tu as mangé quoi ?
— Des sushis.
— Ça fait un !
— Facile ! dit un boutonneux près de la fenêtre.
La maîtresse prit une craie et fit un trait sur le tableau.
— Quoi d'autre ?
— Des makis.
— Deux.
— À ce rythme-là, on y est encore demain matin ! souffla la petite teigne à l'épicentre de la classe.
— Kevin, pense aux arts martiaux.
— Le judo ?
— Oui, continue…
— Le karaté. Le taekwondo…
— Bravo, ça fait cinq. Sur quoi combattent-ils ?
— Des tatamis…
— Et ils portent des…
— Kimonos !
— Après la ceinture noire, ils portent des…
— Des… Dan ?
— Oui ! Huit ! Pense à tes jeux vidéo, je suis sûre que ça te donnera des idées.

— Il y a des sumos. Et des ninjas bien sûr ! Oh, et ils lancent des étoiles piquantes… Comment ça s'appelle déjà ? J'ai vu ça dans un manga… Des *shurikens* !
— Sumo, ninja, manga, *shuriken* : plus quatre.
— Et les samouraïs, aussi !
— Qui se battent avec…
— Des katanas !
— Et ils boivent…
— Du vin ?
— Non, l'alcool de riz très connu…
— Le saké ?
— Eh oui ! Connais-tu le nom des femmes japonaises, très jolies ?
— Non…
— Des geishas ! souffla une petite en tresses.
— Merci pour lui ! sourit la maîtresse. Imagine-les dans un jardin japonais. C'est très…
— Zen avec tous leurs bonzaïs !
— Excellent !
Le rouquin du premier rang contempla le tableau, calligraphie de quatre traits verticaux barrés d'une oblique, puis commenta :
— Dix-huit ! Encore trente-deux ! Grouille, c'est bientôt la récré !
— Kevin, connais-tu des jeux japonais ?
— Non…
— Comment s'appellent les figurines en papier plié ?
— Aucune idée !

— Les origamis..., répondit doucement une gentille camarade.
— Oh, tu l'aides là ! bondit le gringalet près du radiateur. Maîtresse, il compte pas celui-là !
— Kevin, tu vois ce que sont les origamis ?
— Euh, oui...
— Dans ce cas, il compte ! Continuons. Tu as déjà joué aux longues tiges de bois qu'il faut prendre une à une, sans faire bouger les autres ?
— Euh... je ne sais pas.
— Les mi...
— Les mikados ! Ah, et les sudokus, c'est japonais aussi ?
— Absolument ! Maintenant, question difficile : comment traduirais-tu « raz-de-marée » en japonais ?
— Tsunami ?
— Exact !
— Et tiramisu, le dessert au chocolat !
— Ah le tiramisu, c'est italien ! Mais bien tenté !
— Oh je crois que j'en ai un autre : les jacuzzis !
— Euh... Attends une seconde, dit la maîtresse en tournant le dos à la classe pour une rapide recherche sur son smartphone. Ah, jacuzzi est italien. Mais j'aurais pu y croire !
— Trop bête !
— Allez, on ne se décourage pas. On est presque à la moitié ! Je suis certaine que tu connais des noms de villes japonaises. La capitale du Japon, c'est...
— Tokyo !
— Près du mont...

— Fuji !
— Oui ! D'autres villes ?
— Osaka ?
— Mais oui !
— Et les kamikazes, c'est japonais aussi, dit l'un des vingt-trois.
— On en est à vingt-six !
— Eh Maîtresse, moi je trouve que vous l'aidez beaucoup ! se révolta le gringalet près du radiateur.
— Et alors ? fit la maîtresse en levant des mains innocentes. Tant que ce sont des mots qu'il connaît !
Ainsi soutenu par sa maîtresse qui se contenta de poser de bonnes questions, Kevin sut dire que le typhon était une tempête, le futon un lit, le teriyaki une sauce noire et le wasabi une sauce piquante, les Yakuza des gangsters, les ramens des pâtes, les surimis des bâtonnets de crabes, le karaoké le fait de mal chanter devant une télé, l'aïkido et le jujitsu des arts martiaux, le tofu un truc dégueu, de même que la soupe miso, Kyoto et Hiroshima des villes, hara-kiri une façon de se planter un katana dans le bide, les gyozas des sortes de raviolis, les émojis évidemment des pictos pour les textos.
— Quarante-trois ! Plus que sept !
Le gringalet près du radiateur commença sérieusement à s'inquiéter pour son goûter.
— J'en ai un, fit le boutonneux : takatoutase !
— Hein ?
— T'as-qu'à-tout-casser ! Takatoutase !

Les gamins éclatèrent de rire. La maîtresse sourit, mais resta concentrée :
— Kevin, sais-tu ce qu'est un haïku ?
— Non, madame.
— C'est un court poème japonais, dit-elle sans tracer de trait au tableau.
— Tu sais comment on dit bonjour ?
— Non.
— C'est Konnichiwa.
— Ah…
— Hum… Qu'est-ce que vendent Toyota, Mitsubishi et Nissan ?
— Des voitures.
— Honda et Susuki ?
— Des motos !
— Sony ?
— Des téléviseurs !
— Quarante-neuf !
— Eh madame, les marques c'est carrément pas du jeu ! blêmit le gringalet.
— Allez Kevin, plus qu'un !
— Euh, je cherche à fond…
Les vingt-deux gamins, tous sauf le gringalet, réfléchirent à en faire fumer leurs cerveaux, mais aucun n'eut la moindre idée. Quand soudain, Kevin se leva, la mine victorieuse :
— Godzilla !
Les enfants bondirent de leurs chaises et acclamèrent Kevin :
— Oh bien joué !

— Bravo !

— Tu as réussi !

— Non ! s'insurgea le gringalet. Maîtresse, vous avez dit que Kevin devait connaître *plus* de cinquante mots japonais. Il en manque donc un !

Le gringalet disait vrai ! Les enfants se rassirent. Kevin, et tous ses camarades moins un, cherchèrent désespérément un dernier mot japonais. Mais ils avaient beau réfléchir, ils n'en trouvaient pas. La maîtresse en avait bien quelques autres sous le coude. Tempura, dojo, sashimi, Nagasaki… Mais suggérer l'un d'eux aurait anéanti tous les efforts de Kevin. La maîtresse se sentait lourde : son rôle n'était pas de pousser l'un de ses élèves à l'échec. D'abord cinq minutes, puis dix autres s'écoulèrent sans que Kevin, même aidé de ses amis, ne trouve un dernier mot. Alors résigné, sous les regards dévastés des vingt-deux et victorieux du gringalet, il ouvrit son cartable et s'apprêta à donner son goûter. Un large sourire illumina son visage :

— Bento ! Ma boîte à goûter, c'est une bento !

— Cinquante-et-un !

C'est ainsi que Kevin prit conscience qu'il ne savait pas… qu'il savait ! Merci Maîtresse.

Le silence de Henri Transmontagne
Danielle Ouellet

Troublé et agité, Henri fixe par le hublot le sol indien qui s'éloigne en un casse-tête aléatoire, se miniaturise et disparaît. La traversée des nuages ajoute à son inconfort, leur blancheur l'incommode, lui devient insoutenable. Puis, une pensée fugace : pour la première fois, quitter ce pays l'attriste, lui qui ne regrette jamais rien ni personne. Jamais. Et soudain, un serrement au cœur. Suivi d'un craquement, silencieux. En lui, une faille se creuse. La douleur est à la fois diffuse et troublante. Fermer les yeux. Aussitôt, son cerveau déroule le film vertigineux d'un iceberg qui craque et lui fissure le corps dans un vacarme étourdissant. Du trou sombre qui grandit dans sa poitrine, surgissent de puissantes injonctions. Sois fort. Ne ressens rien. Ne craque pas. Reste muet. Debout. Si tu veux vivre.

*

Henri Transmontagne a quitté l'Inde en silence. Mots griffonnés à la hâte pour le chauffeur qui l'a conduit à l'aéroport. Balancements de tête, à l'indienne, de gauche à droite, pour éloigner les vendeurs inopportuns. Hochements pour un oui ou pour un non, en réponse aux douaniers. Dans l'avion, discrets roulements des yeux à la recherche de son siège. Et le front obstinément collé au hublot, il forçait son voisin à repérer une victime plus complaisante envers son incessant verbiage.

Henri, silencieux ? Son épouse, eût-elle vécu à ce jour, l'aurait cru à l'article de la mort, habituée qu'elle était de l'entendre pontifier dès le réveil. Aussitôt son corps haut et puissant à la verticale, l'homme pérorait. Son opinion tranchait tous azimuts : l'exécrable température du jour, la bêtise des politiciens, l'ignorance de ses collègues, la cuisson des croissants. Toujours risqué de le contredire.

À l'université, le brillant chercheur tétanisait les étudiants partagés entre l'admiration et l'effroi. Les plus craintifs désertaient sa classe dès le premier cours. Les courageux assistaient, un jour ou l'autre, à une confession courte et radicale : « Je suis un homme juste et sévère. Un diplôme, c'est sérieux. Avec moi, peu d'élus. » Loyal à cette posture, il l'avait fièrement réaffirmée dans son discours de fin de carrière : « Et je ne me suis jamais trahi », avait-il conclu. Seule la logique trouvait grâce à ses yeux. Ses collègues aussi avaient redouté ses éclats.

La retraite n'avait aucunement modifié ses certitudes. Les humains ? Inconstants de nature, ils ne méritaient aucune confiance. Les émotions ? Inutiles, il les réprimait sans pitié. La religion ? Pour les faibles, évidemment. Le mariage ? Utilitaire sans plus. Quant aux enfants, il se targuait d'avoir rapidement convaincu son épouse d'y renoncer. Elle lui avait dit, sur la pointe des mots, que son cœur était dur, il ne l'avait pas contredite. À son décès, il avait faiblement regretté cette compagne discrète et soumise, et vitement relégué sa vie maritale aux oubliettes de sa mémoire.

Sans amis ni famille, il allait voyager. Cinq ans plus tard, il avait visité les pyramides d'Égypte et celles des Incas, exploré les châteaux d'Espagne et de la Loire, mangé des sushis et des baklavas, atteint les deux pôles, évalué l'architecture d'innombrables églises, mosquées, temples et synagogues, jaugé le génie des grands bâtisseurs et boudé celui des artistes. Ne se liant avec personne.

L'Inde était le seul pays où il s'était rendu plus d'une fois. Pourtant, le charivari ambiant, l'incessant tumulte, la promiscuité des foules grouillantes et bigarrées, la chaleur accablante, les odeurs douteuses, tout allait à l'encontre de sa posture stricte, ordonnée et rigide. Mais Henri s'y sentait plutôt détendu. Cette région l'intriguait. Et ce dernier voyage l'avait laissé muet d'étonnement.

*

Dans l'avion de retour, Henri dort d'un sommeil sans rêves jusqu'à Frankfort, se dirige comme un automate vers sa correspondance, et somnole jusqu'en France. Dans le taxi qui le conduit à son loft parisien, il reste coi malgré les jérémiades du chauffeur qu'il aurait normalement sèchement fait taire de sa voix tonitruante. Cette fois, il s'abstient et son soulagement est grand de rentrer chez lui. Fiévreux, il s'allonge et sombre aussitôt dans une torpeur diffuse peuplée de flammes légères, de fantômes blafards et d'inquiétantes prêtresses. Henri baigne dans un univers onirique absurde. Il rêve que la mort l'a emporté. Ce n'est donc que cela la mort ?

*

Le réveil du dormeur est brutal, et lourd. La peur lui triture les entrailles. Une peur nouvelle, colossale. Une terreur qui lui fait regretter d'être vivant. Il se revoit à Tiruvannamalai pendant la cérémonie à la gloire du dieu Shiva, incapable de donner un sens à l'incident auquel il venait d'assister. Pour la première fois, son esprit cartésien l'avait trahi. Malgré tous ses efforts pour s'en rappeler, cette scène lui glisse entre les neurones. Son souvenir reste embrouillé, indéchiffrable, insaisissable, ne lui laissant qu'un malaise cauchemardesque.
Henri referme les yeux, espérant un répit, mais des images de son enfance émergent et se bousculent en un impitoyable défilé. Subitement, ce panorama éprouvant fixe enfin la scène d'un jeune garçon au regard radieux. Henri se revoit, à neuf ans, vêtu d'une tunique blanche, immaculée, bien droit dans une église qui sent l'encens, un cierge opalescent entre les doigts, les yeux fixés sur la flamme. Sa première communion. Il a minutieusement respecté toutes les consignes. Rien mangé depuis la veille, ni bu, pas la moindre goutte d'eau, reçu l'hostie sur la langue sans qu'elle ne touche ses dents, et avalé sans accrocs la rondelle blanchâtre et un peu rêche. Les flammes du purgatoire lui

seraient ainsi épargnées, avait promis le curé. Tout s'était passé à la perfection.

Cette fois, ses parents allaient apprécier. Il avait cherché leurs regards. Et repéré leurs sièges. Inoccupés. Ses parents étaient absents, une fois de plus. Henri, esseulé entre les vitraux et l'autel, avait cessé de respirer. À la vitesse de l'éclair, il s'était senti rapetisser, se nanifier, une grotesque chandelle entre les mains, objet d'un culte dérisoire. Les parents des autres élèves étaient présents. Pas les siens. Le malheureux, il avait cru, encore une fois, à leur promesse.

Dans l'église pleine à craquer, il avait alors été envahi d'une terreur immense, imaginant tous les participants le fixer du regard, sur le point de découvrir son abandon permanent et son infinie solitude. Son intimité serait révélée dans sa sombre vérité. Sa honte profonde de ne pas exister et son désespoir seraient dévoilés devant cette foule insensible. Il serait plus raillé que le Roi nu : tel était son triste sort, imminent.

La pensée d'une telle humiliation avait déclenché en lui une colère vertigineuse, envahissante. Alors, pour éviter d'être tué sur le coup par le ridicule, il allait réagir, et vite. Aussitôt, Henri avait muré son cœur. Enfermé. À double tour. Pour toujours. Une résolution irrévocable qui deviendrait le pilier de sa vie, et qui permettrait à son corps de continuer de grandir. Pour donner le change à cette terrifiante assemblée, il avait accroché à ses lèvres un sourire figé, précurseur d'un rictus de plus en plus sévère.

*

Depuis son retour en France, Henri est impuissant à repousser ses pénibles souvenirs. Il végète dans une apathie onirique et subit avec indifférence les palpitations erratiques de son cœur cloîtré. Pendant que son esprit lui remémore des pans de sa vie qu'il avait cru effacés, son cœur bat la chamade de plus en plus fort. Henri ne bouge ni ne mange, convaincu que la mort est sur le point de l'emporter. Pendant que le cœur de Henri bataille pour le garder en vie, son esprit le ramène en Inde, au jour initiateur de ce tsunami de souvenirs.

Henri s'était laissé convaincre par son jeune guide Alisha de découvrir le temple Arunachalesvara dédié au dieu Shiva. Une merveille architecturale « qui allait certainement l'impressionner ». C'est ainsi qu'il avait abouti à Tiruvannamalai, le centre religieux de l'État du Tamil Nadu. À sa grande surprise, il ne s'était pas emporté lorsqu'il avait découvert, une fois sur place, qu'en réalité Alisha souhaitait plutôt assister à une cérémonie religieuse traditionnelle non loin du temple annoncé. En temps normal, ce subterfuge l'aurait fait exploser de colère. Mais pas cette fois. Il s'était vaguement fait la réflexion qu'il ramollissait, très certainement.

Arrivés tôt pour s'assurer des places assises dans l'immense chapiteau, les deux hommes avaient observé à loisir les préparatifs de l'événement. Difficile d'imaginer, pour Henri, comment un tel brouhaha allait s'organiser en une cérémonie cohérente. Là, des travailleurs à l'allure débonnaire circulaient à travers des guirlandes multicolores emmêlées sur des tables disposées dans un ordre aléatoire. Ailleurs, des empilements de chaises menaçaient de s'écrouler. Plus loin, des centaines d'ampoules, recluses, attendaient qu'on les répare avant de les installer.

La nourriture était abondante, certaines personnes y avaient droit, et d'autres pas, le tout sans critères apparents. Des artistes aux torses nus ornés de dessins de serpents et de dieux colorés répétaient d'étranges pas de danse. Henri assistait à une vaste chorégraphie, incohérente à ses yeux d'Occidental. Mais l'Inde lui faisait toujours plus ou moins cet effet, il s'en accommodait désormais.

De son siège, Henri observait l'arrivée des premiers pèlerins. Chacun avait droit à un chai, une boisson réconfortante dont la distribution était supervisée par un homme à la chevelure noire, hirsute et bien assortie à sa barbe aussi embroussaillée. Sa nudité était pudiquement dissimulée par un linge de coton d'une blancheur éclatante, savamment enroulé sans attaches. Sans doute la personne la plus cohérente de cette improbable assemblée, avait jugé Henri. L'homme gérait de main de maître son équipe de travailleurs, en silence et avec une étonnante économie de mouvements.

Alisha, percevant un germe d'intérêt chez son client et souhaitant faire oublier son stratagème, l'avait informé que l'homme en blanc était un moine qui avait fait vœu de chasteté et qui dédiait sa vie à la réalisation de son être divin. Un bramachari. Plutôt indifférent aux explications de son guide, Henri se contentait d'apprécier l'efficacité du religieux. Il semblait immobile, même en se déplaçant et en distribuant des ordres silencieux. Rapidement et sans éclat, sa seule présence semblait apaiser les différends occasionnels entre les travailleurs. La force sereine et tranquille de ce personnage suscitait chez Henri une inavouable envie. Sa propre force de caractère, âprement consolidée pendant toute une vie, n'était ni sereine ni tranquille. À tel point qu'il devait de plus en plus souvent harnacher le bouillonnement des émotions qui menaçaient de l'envahir tout entier. L'homme en blanc le captivait.

Plus loin, Henri avait repéré un pèlerin singulier. Son apparence et son attitude détonnaient. Maigre, sale, en haillons, il titubait et tenait debout grâce à un bâton tout aussi défraîchi que son allure et aussi instable que sa démarche. Il semblait animé d'une vive colère, et bien décidé à la manifester. Des travailleurs tentaient de lui interdire l'entrée du chapiteau. Mais l'intrus insistait et menaçait. Affolés, les gardiens s'étaient naturellement tournés vers le bramachari qui avait signalé son arrivée imminente d'un geste de la main. Deux petites minutes d'attente, et l'indésirable était déjà en rage. Incontrôlable, il réclamait à boire, haut et fort.

Le bramachari s'était alors avancé à petits pas devant l'homme en furie, lui présentant un gobelet en inox rempli de chai, comme s'il l'offrait à un roi : des deux mains, les yeux baissés, le torse légèrement courbé dans une attitude respectueuse et discrète. Médusé, Henri Transmontagne fixait la scène avec une grande concentration. Il crut même ressentir que la colère du mendiant avait faibli très légèrement, et voir le relâchement timide de ses épaules se métamorphoser en une délicate relaxation de tout son corps. L'homme avait accepté le chai offert par le moine. Et le bramachari avait alors osé l'inimaginable : indifférent à la saleté et à la boue aussi bien qu'à la blancheur de son vêtement, il s'était étendu sur le sol de tout son long, les bras allongés de chaque côté de la tête, offrant à un miséreux exaspéré une royale et sainte salutation.

*

Debout devant le bramachari étalé, l'indigent avait délibérément imposé sa présence en buvant très lentement quelques gorgées. Calmé, il avait ensuite reculé de quelques pas, avant de se détourner avec un calme hautain pour quitter le lieu d'un pas mieux assuré. Il semblait même presque en paix.
Henri allait longtemps se demander s'il avait été le seul à voir se détendre, au ralenti, chacun des muscles du corps amaigri et contracté du mendiant. D'autres que lui avaient-ils observé la rage de cet homme s'évaporer vers le ciel en de subtiles volutes. Ou aperçu son visage laisser transparaître quelques atomes de douceur ?
Ahuri, Henri avait aussi fait un impossible constat : il avait lui-même éprouvé, dans son propre corps et au même moment, chacun des relâchements observés dans celui du mendiant. Ses propres réactions physiques s'étaient harmonisées avec celles du vagabond. Un infime instant,

son être tout entier était devenu l'autre, ressentant son existence, ses peurs et sa rédemption.

Coi, étonné, stupéfait et confus, Henri était longtemps resté immobile. Une brèche minuscule s'était creusée dans sa carapace mentale jusqu'alors inaltérable. Affolé par son impuissance à donner un sens à cette scène, Henri s'était empressé de harnacher la faible lueur d'apaisement qu'il venait d'éprouver. Aussitôt engravé dans son subconscient, ce souvenir allait devoir, comme bien d'autres, remonter à sa conscience très, très lentement. Au compte-goutte. Pour lui éviter l'apoplexie.

*

À Paris, une fois remis de ses malaises et de ses cauchemars, Henri se laisse lentement habiter par des pensées nouvelles. Le souvenir de son épouse aimante, sa patience, sa douceur et son effacement serein au profit de son mari. Son regret caché de n'avoir pas eu d'enfants de peur de les briser comme lui l'avait été. La reconnaissance de ses collègues et de ses étudiants qu'il doutait toujours d'avoir méritée. Le ridicule de ses certitudes obstinées, sans cesse clamées à tous vents.

Discrètement et contre toute attente, le cœur et l'esprit du grand Henri Transmontagne se sont lentement frayés un chemin l'un vers l'autre, à travers l'infinité de ses certitudes rigides comme des soldats de plomb.

Un jour, Henri a salué ses voisins, une première. Habitués à son silence hautain et à son indifférence hostile, ils se sont inquiétés de sa santé mentale. Tout comme lui-même d'ailleurs. Il ne se reconnaissait plus. Ses solides repères lui semblaient de plus en plus instables et il avait souvent l'impression que le sol se dérobait sous ses pieds. À quelques reprises, l'illusion était devenue réalité et il s'était retrouvé par terre, étendu de tout son long, dans un parc ou sur la rue. Quelques chutes plus solides lui avaient valu des séjours à l'hôpital où l'on avait craint pour sa vie. Aucune explication à ces dérapes : ni étourdissements ni faux pas. Lui seul avait fini par soupçonner, contre toute logique, que ces accidents survenaient lorsque le goût lui revenait de pontifier et de critiquer. Pendant longtemps, la seule envie de sermonner un idiot ou de blâmer un imbécile lui avait encore procuré un certain réconfort, mais de durée de plus en plus courte. Puis, il avait de moins en moins souvent cédé à des explosions verbales qui risquaient de l'allonger par terre, leur préférant un silence plus sécuritaire. Un jour, il ressentit même les bienfaits de cette calme posture qu'il commençait à apprécier.

⁕

Henri a acquis, au fil du temps, la conviction que l'improbable vision du Bramachari étendu devant l'infortuné mendiant avait coïncidé avec le moment où sa propre colère avait commencé à s'estomper.
Pendant des lunes, des soleils et des galaxies, Henri Transmontagne n'a plus voyagé, sauf à l'intérieur de lui-même où il a déniché des trésors tels son cœur, son esprit et

son âme. Le seul moyen d'avoir accès à leur sagesse, a-t-il fini par admettre, était de renoncer à se colletailler avec eux et de leur faire confiance. Il a même fini par ouvrir toutes grandes les portes de leur prison et levé bien haut le drapeau blanc. Ses peurs avaient continué de s'atténuer et la perspective d'une cohabitation harmonieuse avec ce qu'il en restait le réjouissait chaque jour un peu plus.

Henri a pris du poids, vieilli, quitté son allure ronchonneuse, appris à sourire, et ceux qui entendent aujourd'hui son rire sonore et attachant s'en réjouissent et ne l'oublient pas. Peu à peu, les enfants de son quartier ne se sont plus enfuis à sa vue, et ont cessé de se moquer de lui. L'un d'eux s'est même approché timidement, un jour, pour lui confier un grand chagrin : il n'avait pas d'amis. À la plus grande joie du bambin, Henri lui a offert d'être le sien.

Henri pensait chaque jour à son *alter ego* indien et mendiant, se demandait si leurs émotions respectives avaient continué de s'harmoniser au fil du temps. Quant au bramachari enroulé dans la blancheur de son drap, son geste de vénération envers un paria avait trouvé refuge dans le cœur d'Henri. L'image de la posture couchée, à la fois humble et grandiose, du moine indien devant la souffrance d'un être éclairait désormais son chemin, lui ouvrant même un accès à son âme. Même son apparence devenait transparence.

*

Henri Transmontagne a vécu très longtemps, certains affirment plus de cent ans. D'autres qui l'ont mieux connu chuchotent qu'il est devenu immortel.

La justice polienne
Eudes Boyer

Le récit de la mort de Trabs Decerpo m'est parvenu bien après mes premières découvertes sur les us et coutumes de Cor Plygg. Cette sombre histoire s'est transmise sur l'île par la contagieuse transmission d'une souillure collective.

Il pleuvait à verse sur les masures aux couleurs extravagantes de Mani Poli lorsque Trabs sortit de son appartement pour filer aux écuries. Il affectionnait l'exubérance affichée des poliens, qui ne s'avouaient jamais vaincus, tant par la morosité du climat que par la banalité pesante du quotidien. Trabs galopait comme un gamin, défiant la gravité mondaine imposant à tout homme qui se respecte d'afficher un snobisme codifié dans quelque situation qu'il soit. Selon sa façon de sauter gaiement au-dessus des flaques formées le long des trottoirs, on aurait pu le prendre pour un écolier en vadrouille, mais c'était sans compter sur son physique de jeune taureau. Il avait développé le plus naturellement du monde une enviable condition d'athlète, sans autres exercices que les travaux de maçonnerie qu'il réalisait volontiers au sein de la petite entreprise familiale. Du haut de ses vingt étés, la crinière noire toujours ébouriffée, marque d'une nonchalance totalement feinte, Trabs se voyait lui-même comme un fonceur, cassant les codes, et se faisant apprécier partout où il allait. Il se dégageait de lui une telle sympathie que même ceux avec lesquels il était amené à se battre semblaient s'opposer à lui à contrecœur. Il était par ailleurs convaincu que son temps était compté pour réaliser l'idéal de la perfection masculine qu'il s'était confectionné, avant d'être stoppé par la vieillesse ou la maladie. Il avait donc prévu de réaliser ses plus grands rêves avant d'atteindre l'âge de trente ans. Dans sa livrée de cavalier jaune et bleue saillante, filant à toute allure, il décochait à tour de bras des sourires enjoués aux passants, badauds qui voyaient en lui la vitalité conquérante et pleine de promesses que la plupart d'eux estimait avoir tristement gaspillé. Durant la planification matinale de ses tâches, orchestrée depuis l'office supralunaire de sa conscience à demi-éveillée, Trabs n'avait pas calculé le retard qui serait occasionné par la visite impromptue de sa sœur Blande, arrivée la veille, et qui faisait preuve d'une jacasserie matinale dépassant les capacités ordinaires féminines. En songes, il se flagella à grands coups de discipline, mais en songes seulement, car il prenait toujours un grand plaisir à écouter les radotages prématurés de sa sœur, pourvue d'un esprit que plusieurs décennies d'étourderies flegmatiquement assumées avaient façonné. Trabs espérait seulement atteindre le portail nord du centre équestre avant que le clairon ne sonne le début de la revue officielle du nouveau bataillon. Eximie Fulcimen l'attendait à l'entrée du bâtiment principal, désespérée du retard de son fiancé, mais se montrant toujours émerveillée et charmée par le détachement et le calme de Trabs, lorsqu'il gérait des situations périlleuses. C'était du moins, la manière dont Trabs interprétait les choses. Une cinquantaine de mètres les séparaient encore lorsqu'il perçut que la jeune femme lui adressait une moue réprobatrice. Il adorait voir ce visage tant aimé se contracter pour former des grimaces dont il se sentait le seul bénéficiaire, aussi il les recueillait dans l'escarcelle de leur affectueuse complicité. Rapidement, la jeune diplomate avait su se rendre indispensable à l'épanouissement de sa carrière dans les milices poliennes. Il attrapa au vol le sabre et la cravache qu'elle avait retirés pour lui de son casier, et se précipita dans les écuries. Un autre sergent de troupe issu de la même promotion que lui, et bon compagnon, avait fait atteler et préparer son cheval.

— À ton rythme petit porc !

Les poliens aimaient un peu trop utiliser ce surnom péjoratif lorsqu'ils s'adressaient aux natifs de la capitale, mais Trabs n'y portait plus attention.

— Hola ! Levé de bon pied à ce que je vois ! Mais quelle idée de faire des rassemblements si tôt et sous la pluie ! J'ai croisé Perlio Peritia hier, il m'a soufflé qu'il y avait de la promotion dans l'air pour toi ! Le lieutenant Coacesco et sa patrouille de reconnaissance se seraient fait étriller par une bande de sauvages il y a trois jours. Triste nouvelle, mais bon... Le malheur des uns fait le bonheur des autres comme on dit !

— Ne fais pas le modeste Decerpo, s'il y a promotion, tu es le mieux positionné pour y prétendre ! Dépêche, j'entends la garde du capitaine qui arrive !

Trabs concéda un viril hochement de tête en signe de reconnaissance à son compagnon, qui afficha de son côté une placidité de marbre, se voulant matérialiser le sens du devoir. Le capitaine et aide de camp du baron passa l'après-midi à inspecter le dernier joyau que s'était offert Barbe Noire pour aller faire la guerre aux barbares pontableutins. Associé à deux autres bataillons plus anciens, l'ensemble de la milice devait être déployé sur la Pointe Bleue le mois suivant. Les deux journaux les plus populaires du nord de l'île, *La Charrue* et *Le Vindicateur* n'avaient de cesse de prophétiser une épopée victorieuse sans précédent : on allait enfin annexer les peuplades si primitives de la Pointe ! Les rumeurs sur la mort du lieutenant Coacesco étaient vraies, ses anciens amis racontaient qu'il était mort en se battant, mais la réalité était qu'une dysenterie foudroyante avait eu raison de sa bravoure. Trabs ne s'attendait véritablement pas à être appelé pour prendre la place du défunt, il ne concevait pas d'être promu autrement que par le mérite de faits d'armes au combat, cependant ce fut bien lui qui accéda à cette promotion. Ce nouveau statut lui ouvrit les portes de la cour du baron, et l'obligeait à un certain nombre de convenances. Si Barbe Noire était craint de tous, et qu'il était le premier homme à avoir dompté l'anarchie du nord de Cor Plygg, son succès ne venait pas seulement du fait de sa cruauté, il le devait aussi au don qu'il avait pour la séduction et l'avilissement. Pour arriver à ses fins, Barbe Noire pouvait compter sur les influentes Roupinnette et Clamoussette d'Occise, qui lui étaient plus précieuses qu'un régiment entier : chaque mois, le baron rassemblait la haute société de Mani Poli dans la luxueuse demeure seigneuriale des jumelles. Ces deux pintades badigeonnées de fard et harnachées de pierreries tape-à-l'œil se déplaçaient, suintant de niaiseries mondaines, au milieu des jalousies, des intrigues et des crimes. On ne peut pas dire qu'elles étaient réputées pour leur beauté, maigrichonnes et blafardes, elles rattrapaient ce physique peu avantageux par une intuition de pythie pour trouver les flatteries les plus savoureuses.

Le soir de sa promotion, Trabs eut l'obligation de se rendre à son premier banquet, il y découvrit toute la fine fleur de l'île, habillée de tenues plus somptueuses les unes que les autres. La demeure des jumelles avait cela de particulier qu'elle comportait un cloître en son centre, où se trouvait une colonnade de sept coudées de diamètre, et d'une vingtaine de haut. Semblant taillée d'une pièce dans de l'onyx pur, on ne pouvait y distinguer aucun orifice ni aucune porte qui laissa penser que cette mystérieuse tour noire puisse abriter quelque chose. Les jumelles, qui se vantaient de compter la sorcellerie parmi leurs violons d'Ingres, prétendaient pourtant détenir enfermée dans cette colonne l'essence même de la jeunesse et de l'insouciance. Personne n'accordait véritablement de crédit à ces dires, hormis le baron qui semblait même en savoir plus que Roupinnette et Clamoussette sur cette imposante colonne d'onyx. Alors que Trabs cherchait désespérément un endroit où poser les yeux sans que cela ne soit une offense à la pudeur, il sentit comme une lame s'enfoncer depuis le haut de son crâne jusqu'à son cœur. Eximie se tenait à quelques pas de lui, vêtue d'une robe courte de soie bleue, parfaitement taillée et ajustée. Sa promise discutait gaiement avec deux vieux capitaines qui la dévoraient des yeux. Sans qu'il n'en ait rien su, Eximie avait mené depuis plusieurs mois une double vie, initialement provoquée par son ambition de faire carrière dans le monde diplomatique. Clamoussette d'Occise l'avait introduite dans un club de jeunes femmes qui se livraient à d'interminables causeries, et qui se vantaient de parader devant les plus importants personnages de l'île. Pour s'excuser de servir à l'assouvissement des désirs les plus bestiaux de Barbe Noire, et de contribuer à faire pérenniser un système sociétal injuste, les meneuses de ce club se donnaient hypocritement le but de faire régner une sagesse maternelle sur Cor Plygg. Il avait suffi de quelques conférences, où étaient répétés en boucle les bons augures du règne de Gaïa, pour qu'Eximie ait cessé de considérer comme estimables le mariage et la procréation. Elle en eut même une véritable aversion, car son corps devait être entretenu comme un bon outil de travail et de jouissance. Si le basculement fut progressif pour Eximie, le temps que s'établissent profondément en elle les idées nouvelles du club d'Occise, il fut brutal pour Trabs. Il resta pétrifié de longues minutes face au spectacle d'Eximie, toute guillerette, qui passait de mains en mains. Son esprit peinait à comprendre comment, en une fraction de seconde, l'être qu'il chérissait le plus avait pu devenir si étranger et cruel. Roupinnette avait particulièrement veillé à l'émancipation de sa nouvelle protégée, c'est elle qui lui avait passé autour du cou une cartouchière de couleur vert émeraude, symbole de son pouvoir et de sa liberté. En se ruant sur les appétissants et rapides bénéfices de ce joug, Eximie achevait de se soumettre, sans condition, à l'idéologie autodestructrice qui en découlait. L'entrain de la jeune femme à satisfaire ses nouvelles obédiences suscitait des gloussements interminables de la part des jumelles, renouvelés chaque fois qu'on venait leur demander d'être présenté.

Trabs ne sortit de sa torpeur qu'au moment où Clamoussette entraîna Eximie dans sa direction. La jeune femme, qui passait son temps à sonder l'immense salon principal de la demeure, s'enquérant de toutes les sollicitations à honorer, n'avait même pas réalisé sa présence, comme si son esprit avait automatiquement effacé cet être dorénavant gênant, à cause de sa propension à susciter du remords. Arrivée devant Trabs, l'édifice de sa nouvelle assurance parut vaciller un instant, et elle commença par fixer le sol pavé du jardin. Ce fut Clamoussette qui, la tenant par le bras avec un amusement sensible, comme elle se serait gaussée de trimbaler un os devant une meute de chiens en cage, se mit en devoir de parler la première.

— Ah, mes jeunes gens ! Comme la vie est courte ! Il faut bien vous amuser un peu ! Ma chère, avez-vous félicité comme il se doit notre tout nouveau lieutenant ?

Eximie rougit, un ultime combat sembla se livrer en elle, mais le mécanisme de l'artifice mondain prit mortellement le dessus.

— J'ai eu la chance d'accompagner l'ascension de monsieur Decerpo depuis son arrivée à Mani Poli, ce sera toujours une joie de passer vous voir pour passer du bon temps ensemble !

Comme elle accompagnait ces paroles d'un clin d'œil plein de mensonge, Trabs passa sans transition du bouillonnement de la révolte à la reddition sentimentale. Il sentit un vide se former en lui, et au milieu de ce vide, le dégoût. Se sentant incapable de trouver des mots adéquats pour décrire ce qu'il ressentait, il chercha à s'éloigner, à reculons, désorienté par une grève terrifiante des facultés principales de sa raison. Comme il ne regardait pas où il allait, son dos finit par heurter la tour d'onyx. Il eut alors l'impression d'être happé par un immense appel d'air, comme si un ogre avait décidé de le gober par surprise. Il ne s'agissait pas d'un malaise vagal ou autre délire psychotique, puisque Trabs disparut littéralement sous les regards de plusieurs invités qui en témoignèrent par la suite sous serment. Un petit groupe de jeunes officiers se mit d'ailleurs à applaudir, pensant qu'il s'agissait d'un tour de prestidigitation. Clamoussette en revanche, lança un regard effrayé à sa sœur, qui elle aussi, de loin, avait épié la scène. Les deux jumelles firent en sorte que les amusements soient décuplés dans tous les salons et salles de jeux, pendant qu'elles se précipitaient aux pieds de Barbe Noire. L'effet de manche fonctionna à merveille, puisque les convives, rendus incapables de fixer leur attention sur un divertissement plus qu'un autre, oublièrent rapidement la disparition de Trabs. Ce ne fut pas le cas du baron, qui une fois informé, n'eut de cesse de tourner en rond autour de la tour d'onyx. On pouvait mesurer à vue d'œil l'accroissement de sa frustration, malgré la bonne figure qu'il s'efforçait d'afficher devant ses sujets. Trois heures s'étaient écoulées lorsqu'un tremblement de terre secoua les murs de la demeure. Au même moment, la lune fut enveloppée d'une teinte cuivrée, et un souffle porteur d'une rumeur plaintive se répandit dans l'atmosphère. La colonne commença à s'effondrer sur elle-même, mais non pas comme une construction faite de main d'homme, elle fondait plutôt comme un bloc de glace au soleil. Tout en s'écoulant, la noirceur de l'onyx projetait des éclats aveuglants. Quand la lumière émise par la roche commença à s'estomper, on vit Trabs surgir de l'endroit où se tenait la colonne, et sauter sur le baron, qu'il plaqua au sol. Derrière lui, une silhouette de femme se dégagea à son tour des flots brillants. Elle avait sept cornes, le haut de son corps ressemblait à celui d'une femme, et le bas à celui d'une biche. Une ceinture en or entourait ses hanches, et elle portait un vêtement blanc immaculé, hormis une tache de sang qui s'étirait sur sa robe au niveau du ventre. Personne ne put décrire les traits précis de cette silhouette, car elle s'échappa de la demeure avec la rapidité d'un faucon, en l'espace de quelques secondes. Alors que tous les invités étaient figés de stupéfaction, le baron entra dans une colère inhumaine. Il saisit le couteau accroché à sa ceinture, et porta un premier coup à Trabs, qui l'entourait encore de ses bras. Il vociférait, crachant son mépris et sa haine au visage du jeune homme.

— Vaurien ! Cette créature m'appartenait ! Rappelle-la ! Livre-la-moi ! Je sais bien où elle va ! Je sais qu'elle reviendra pour toi !

Trabs n'eut le temps de prononcer qu'une seule phrase à son adversaire, sur un ton calme et apaisé.

— Suasoron Verber, vous êtes un impuissant, et un ignorant. Elle court vers son époux, par des chemins qui vous sont inaccessibles, et jamais elle n'a été votre prisonnière, elle attendait ma venue, pour annoncer votre échec.

Surpris d'entendre Trabs prononcer son véritable nom, qu'il avait pris tant de soins à remplacer par son titre de baron, et le surnom de Barbe Noire qu'il affectionnait, il s'écarta vivement de sa victime. Il craignait qu'il ait acquis dans la tour d'onyx une force capable de le défaire. Châtié autrefois par plus fort que lui, aucune chose ne lui faisait plus peur chez autrui que la connaissance de ce qu'il était réellement, de sa faiblesse et de son humiliation passée. Constatant que Trabs ne faisait que s'affaiblir en se vidant de son sang, et qu'il n'était pas disposé à se battre, le baron s'efforça de contrôler ses tremblements. Il prit pour témoins et complices de son acte l'ensemble des invités, accusant Trabs d'avoir volé aux jumelles leur bien le plus précieux, il ordonna à l'un de ses capitaines, Perlio Peritia, d'exécuter le coupable. Aucune objection ne fut émise contre cette mise à mort, car malgré le silence qui régnait encore dans le cloître suite à la disparition extraordinaire de la tour d'onyx et la fuite de la mystérieuse créature, l'appel palpitant des tables de jeux, et l'agitation frénétique des salles de bal revenaient promptement à la charge. Après tout, il fallait bien vivre, et quelqu'un devait se charger en ce monde du lourd fardeau d'exercer la justice.

La nuit suivante, on retrouva le corps sans vie de Trabs en bordure d'un grand immeuble du périphérique Ouest de Cor Plygg, la capitale de l'île, ligoté à un lampadaire.

Le couteau et la mouette
Ferdinand Barrett

J'ouvris les yeux sur une île. Une sorte d'île paradisiaque, avec la mer, des cocotiers et tout le reste. Après, paradisiaque, c'est difficile à dire ; on naît quelque part, sans point de comparaison.

Mais une chose était certaine : je me sentais faible, pas fini, avec une peau un peu trop rose pour ce soleil des tropiques. Vêtu d'un simple pagne, j'en arrivai vite à la conclusion que j'étais condamné. C'est alors qu'un chuchotement me sortit de ces sombres réflexions. Un bruit infime se baladant entre les rochers. Désireux d'en découvrir l'origine, je me déplaçai d'abord timidement, me laissant porter par le son. Une sorte de voix inaudible, furtive, glissant entre les flaques abandonnées par la marée. Lorsque je pensais l'atteindre, elle se travestissait ou s'échappait ; et ce petit jeu eut le don d'attiser mes sens, au point que je me retrouvai à zigzaguer entre les rochers, désormais en proie à une curiosité presque viscérale… C'est en retournant la vase que je repérai finalement l'objet de ma convoitise : un couteau. Je le saisis avec empressement et le frottai jusqu'à ce que sa lame affûtée luise au soleil. Il était beau et s'accordait parfaitement au prolongement de mon bras. Je souris, car pour la première fois, je me sentais un peu moins faible et prêt à avancer.

C'est en longeant la plage que je rencontrai mon premier être vivant : un volatile peu loquace, accaparé à fouiller la vase de son bec. C'était une mouette, au plumage scintillant, virevoltant de flaques en trous d'eau, sans direction établie. Et bien qu'elle ne me prêtât guère d'attention, je l'observai quant à moi avec douceur, projetant sur elle mille vertus. Ainsi, lorsque mon couteau suggéra de la dépecer pour me remplir le ventre, c'était trop tard ; déjà, je m'étais attaché, et avais acquis par là même l'intuition que tuer était une chose bien absurde. Par conséquent, voilà comment j'arrivai dans la vie : à poil, avec un sens moral et des sentiments...

À défaut de manger la mouette, je décidai donc de m'en faire une alliée et entamai la conversation. Elle se montra d'abord un peu farouche ; mais à force de sourires, comme par effet miroir, je l'apprivoisai sans trop de peine. Au détour de discussions graves ou futiles, nous devînmes rapidement les meilleurs amis du monde. Nous parlions de l'île, de la mer, de ce qui se cachait au-delà, et pouvions parfois fixer notre regard sur l'horizon pendant des heures, communiquant par la seule pensée nos rêves d'aventures.

Malheureusement, je découvris à regret que cette nourriture de l'esprit ne me suffisait pas : mon ventre se tordait de faim et une indescriptible soif avait asséché ma gorge. La mouette s'évertua à me convaincre de picorer entre les algues, mais je lui répondis que je ne possédais pas de bec, que j'étais homme, et que ce régime n'était pas pour moi...

Les paroles pouvaient sembler rudes, mais c'était vrai ; ou tout du moins, c'est comme ça que je le ressentais. Ainsi, tournant le dos à sa tristesse et bringuebalant sur mes pattes antérieures, je m'enfonçai au cœur de l'île, lui faisant la promesse de revenir la voir aussi souvent que je le pourrais.

Dans la forêt tropicale, je me sentis rapidement perdu, vulnérable ; sans chemin et sans horizon. Il semblait y avoir de la vie, de la présence ; j'entendais bien que ça s'agitait autour de moi, derrière ces arbres, au-dessus de la canopée… Pourtant, en quatorze jours d'errance, je ne vis personne et n'avais toujours pas mangé. Heureusement, une sorte de miracle tombé du ciel vint inverser le cours des choses : une noix de coco s'écrasa sur le sol, juste à côté de moi. Je me jetai dessus et me délectai de l'agréable sensation du lait tiède coulant dans ma gorge ; puis je grattai l'intérieur grâce à mon couteau et me rassasiai de l'amande blanchâtre ; j'étais sauvé. Lorsque je relevai la tête, un chimpanzé se tenait devant moi. Il me fit subtilement remarquer que je lui avais dérobé sa noix de coco, mais ne sembla guère s'en offusquer. Non, bien au contraire ; il se montra fort sympathique et prit même le temps de m'expliquer comment grimper aux arbres et fracasser ces fruits en les jetant au sol. Entre pouces opposables, il fallait bien s'entraider, m'avait-il dit.

J'avais trouvé de quoi me sustenter, mais je devais survivre dans cette jungle à présent. Ainsi, lorsque le chimpanzé me proposa de rejoindre sa horde, je décidai de le suivre, sans même une pensée pour ma mouette.

La vie au sein de la communauté se révéla assez facile. Tout s'effectuait par mimétisme, et comme je n'étais pas plus idiot qu'un autre, je sus rapidement me faire accepter. Bien sûr, la horde surabondait de règles, de codes, de contraintes... Mais je m'en accommodai aisément, convaincu d'assurer là mes chances de survie. À ce moment, j'aurais pu jeter mon couteau, c'est certain. Je ne pus cependant m'y résigner et le cachai dans le creux d'un arbre, car j'avais l'intuition que mon bonheur demeurerait à jamais relatif au sein de la tribu. D'ailleurs, certaines journées, je ne pensais qu'à ma mouette, et courrais la rejoindre à la nuit tombée. À son contact, je me sentais vivant. Au bord de la plage, nous ne dormions pas, nous rêvions, complices, de lointaines contrées. Au début, c'était juste un jeu, car pourquoi partir ? me disais-je. Nous ne savions pas ce qui nous attendait là-bas, et il me semblait préférable d'être heureux ici même... Pourtant, lorsque j'émis ces pensées à ma mouette, elle sembla terriblement déçue et cessa de m'ouvrir son cœur. La confiance que nous avions l'un pour l'autre commença à se fissurer, et mon amie devint progressivement mutique, les yeux gorgés de larmes à trop fixer l'horizon. C'est ainsi qu'après chacune de nos retrouvailles, je m'en retournais dans la forêt avec un pincement au cœur. Bien évidemment, je revenais les nuits suivantes, débordant d'optimisme et plein d'espoir ! Mais quelque chose s'était brisé ; nous nous étions éloignés.

Afin d'ignorer ma peine, je décidai de m'investir avec ardeur au sein de la tribu. Il y avait tant à faire ! Je travaillai sans relâche à construire des outils, des cabanes, à faire pousser des légumes… Oh, bien sûr, ce n'était qu'un début ! Les prémisses d'une société plus juste et plus humaine, me prenais-je des fois à penser avec orgueil. Mais le fait est que mes comparses demeuraient chimpanzés et que j'étais un bipède. Ils n'avaient aucune envie de changer leurs habitudes, et moi, je me satisfaisais de moins en moins des leurs.

Épuisé par ce travail harassant et improductif, je m'en retournais parfois sur la plage, histoire de me requinquer auprès de ma mouette. Mais je découvris un jour qu'elle était partie. Elle s'en était finalement allée, suivant ses rêves d'aventures, me laissant là avec ma peine, où je n'avais d'autre choix que de m'entêter à trouver une place parmi les chimpanzés. Je singeai leurs divertissements censés me délivrer de la monotonie, me conformai aux schémas de vie adaptés à mon statut, mais rien de tout ce que j'entrepris ne me rendit heureux. C'est ainsi que, m'embourbant dans un quotidien exempt de surprise, faisant semblant de marcher à quatre pattes, je me pris à détester mon île.

Je ne dois mon salut qu'à un événement extérieur, lorsqu'un jour identique aux autres, je reçus une carte postale en provenance de Barcelone. C'était ma mouette ; le message était concis ; elle menait là-bas une existence de rêve où elle chantait le soir avec son groupe de rock : « les mouettes muettes ».

J'aurais dû me réjouir pour elle. Et pourtant. Je fus envahi par une indescriptible colère. M'avait-elle volé ma vie ? Pourquoi m'exposait-elle son bonheur à la face ? Ces questions sans réponse me menèrent à la conclusion suivante : j'aurais dû écouter mon couteau, ne pas la laisser vivre, ne pas la laisser me tourmenter ; lui prendre son cœur et le manger…

Sans même y réfléchir, je récupérai ma lame dans le creux de l'arbre où je l'avais abandonnée, et construisis un radeau à la hâte avant de m'enfuir par la mer, sans même un geste d'adieu pour mon île.

Les premiers jours, je bénéficiai de courants favorables, mais bien vite, le vent se leva, engouffrant mon embarcation dans le creux de vagues immenses. Et plusieurs nuits durant, je dus m'accrocher à mon radeau de fortune dans l'espoir de ne pas sombrer, l'esprit focalisé sur mon couteau et ses désirs de vengeance. Puis la tempête disparut comme elle était venue, laissant place à un étrange silence dépourvu de la moindre brise. Désorienté et assoiffé, je laissai les courants me porter durant de longues semaines, me sentant proche de la fin, encore une fois. Et tandis que déjà je m'abandonnais, le couteau entailla mon poignet, sans que j'y prenne garde, afin que je m'abreuve de sang pour ne pas succomber. À sa manière, il m'avait sauvé…

Finalement, c'est lorsque je n'attendais plus rien qu'un léger souffle gonfla ma voile et me fit dériver en direction d'un grand rocher : Gibraltar, minuscule colonie anglaise perdue en territoire espagnol. Tout juste débarqué, j'y rencontrai mes premiers humains, et me sentis intégré, compris. Bien sûr, j'envisageai d'y poser mes bagages ; la vie y était douce et le climat somme toute agréable. Mais c'était sans compter mon couteau qui, caché dans ma manche, ne cessait de s'agiter. Prompt à poursuivre son but, il me susurrait de belles promesses. Je pris donc congé de mes nouveaux amis et embarquai sur le premier ferry en direction de Barcelone.

Je me laissai d'abord bercer par la douceur de la ville, m'octroyant quelques moments de calme à la terrasse des cafés, où je me familiarisai à ce dialecte étrange. J'en appris quelques rudiments afin d'interroger les passants, mais personne ne connaissait la chanteuse des « mouettes muettes ». Je commençais à désespérer, jusqu'à ce que je tombe par hasard sur l'affiche de leur prochain concert. Elle ne pouvait dès lors plus m'échapper.

Le soir du spectacle, je me positionnai devant la scène, le couteau dans la manche et la détermination en tête. Pourtant, quand ma mouette apparut avec les premières notes, je fus comme scotché sur place ; c'était bien elle, mais quelque chose avait changé. Souriante, déchaînée, les plumes scintillantes sous l'effet des rayons du soleil couchant, elle était libre. Sa belle voix rauque accompagnait subtilement les accords de guitare, le corps parfaitement calé sur le groove de la basse et de la batterie. Libre, comme je ne l'avais jamais été.

J'aurais pu renoncer à mes projets, mais le couteau se ficha dans ma main et m'attira d'un bond sur la scène. La mouette m'aperçut et cessa de chanter ; la musique se stoppa net. Le regard de mon volatile était noir de colère, à tel point que je me demandais à présent qui était l'agresseur. D'autant plus qu'un canif était apparu au bout de ses plumes, prêt à me planter dans le cœur, tout comme j'envisageais de le faire. La foule retenait son souffle, convaincue de l'imminence du combat. Et pourtant, c'est à ce moment que je vis ma mouette comme au premier jour, et que je compris. L'un comme l'autre, nous possédions un couteau ; et l'un comme l'autre, nous avions refusé de nous en servir, transcendant nos instincts les plus primaires pour accueillir cette altérité si proche, reflet de notre âme et miroir de nos aspirations…

Je souris et déposai mon arme ; elle en fit de même. Ainsi, après quelques secondes de latence, nous nous jetâmes l'un sur l'autre pour nous donner le plus fougueux des baisers. Le public laissa échapper une exclamation de dégoût, car une mouette et un homme qui s'embrassent, ils trouvaient ça dégueu. Mais nous, on s'en foutait du public. On aspirait juste à se comprendre, à s'aimer.

Les retrouvailles fêtées, nous habitâmes quelque temps à Barceloneta. Mon bureau donnait sur la mer, et c'est depuis cet endroit que je mis sur papier cette histoire, tentant maladroitement d'expliquer que c'est en acceptant de trébucher sur son altérité que l'on se rencontre soi. De temps à autre, je levais les yeux de mes feuillets pour regarder le port, heureux d'observer ma mouette qui s'obstinait à y construire, brindilles au bec, un magnifique radeau. Celui qui nous emmènerait là où les vents l'auraient décidé, peut-être sur notre île, peut-être sur une autre. Cela n'avait plus d'importance. J'étais certain que nous mènerions une belle histoire, avec pourquoi pas des enfants, moitié mouette moitié homme, à qui j'apprendrais comme je peux à avancer dans la vie, avec leur couteau, leur moi et leur alter ego.

SOMMAIRE

L'absente　　　　　　　　　　　　　　4

Demi-vies　　　　　　　　　　　　　10

Passion Prophétique　　　　　　　　22

Sortilège d'Adieu　　　　　　　　　25

Nous ne nous rencontrerons jamais　　37

Baiser de rideau　　　　　　　　　　45

Pandore　　　　　　　　　　　　　　50

The Agnostic　　　　　　　　　　　62

Retour de Flamme　　　　　　　　　74

Rien de nouveau sous le soleil　　　　86

Un souvenir d'enfance　　　　　　　90

Le Privé	98
Visiteurs, devant vos yeux ébahis	107
Le vieil homme et l'amer	112
Changement de cap	123
Gris	128
Taille Mannequin	138
Cinquante mots	152
Le silence de Henri Transmontagne	160
La justice polienne	173
Le couteau et la mouette	184